マルティナ
料理上手な冒険者
キアラ・フォンテンマイヤー
ツンデレ魔法使い

「あーっはっはっはっ!」
大!成

功ーー」
アイリア
新米冒険者の少女

ハノン
植物系モンスター娘
シモーネ
弱気な竜人族

ダンジョン・ファーム

Dungeon Farm

〜家を追い出されたので、
ダンジョンに農場をつくって
暮らそうと思います〜

3

鈴木竜一
イラスト:シソ

マルティナ

元気な冒険者の少女。ダンジョンで採れた食材を、得意な料理で振る舞う。ダンジョン・ファームのムードメーカー。

キアラ・フォンテンマイヤー

ツンデレ魔法使い。魔法の第一人者の親との関係に悩んでいたが、ベイルたちの協力で和解する。

ハノン

「アルラウネの種」から生まれた、植物系モンスター娘。古風なしゃべり方だが元気で素直な女の子。

ベイル・オルランド

前世の知識を持つ少年。かつて遊んだゲームにそっくりな世界で、ダンジョンの隠しエリアに農場“ダンジョン・ファーム”を拓く。

シモーネ

長年ひとりぼっちだった竜人族の少女。いつも弱気だが、真の実力はダンジョン・ファーム内でも最強クラス。

シャーロット・ブラファー

ダンジョン・ファームの仲間になった貴族の少女。キアラを一方的にライバル視している。実はベイルの元婚約者。

クラウディア

シャーロットの専属メイドで、彼女とともにファーム内で暮らし始める。主人をイジるのが趣味。

Contents

プロローグ

ここは大陸東部に広がる大平原。

特に町があるわけでもなく、広大な土地に背丈の短い草が敷き詰められたその場所では、年に数回、クレンツ王国と友好関係にあるサンプラス王国の騎士団同士で合同演習が行われている。

中でも盛り上がるのは、実戦形式の演習。これには各騎士団を代表する者が選出され、腕を競い合うのだが、その中でひときわ目立った強さを誇る若き騎士がいた。

クレンツ王国騎士団に所属するローレンス・ブラファーである。

類稀《たぐいまれ》なセンスを持ちながら、自分に厳しく、決して妥協を許さぬ姿勢が評価されて、今や次期騎士団長の有力候補に名を連ねるほどである。

今も、サンプラス王国騎士団の若きエース・フィルと剣を交えているが、スピード、パワーともにローレンスが圧倒していた。

「はあっ！」

「ぐっ!?」

スピードで勝るローレンスが、フィルを追い詰める――が、相手もさすがにエースと呼ばれるだけあって、そう簡単には終わらない。

「うおおおっ！」

状況的には不利なのだが、フィルはあきらめない。

剣先をローレンスへと向けて突っ込んでくる。

強烈な気迫は、戦っているわけではない者たちでもたじろいでしまうほどであった。

しかし、真正面からフィルと対峙《たいじ》するローレンスに、そのような気配は微塵《みじん》も見られない。青いふたつの瞳は揺らぐことなく、相手を見つめ続けていた。

「食らえぇっ！」

フィルの放つ強烈な一撃。

誰もが衝撃を受けたその攻撃だが、ローレンスはこれを回避してカウンターを決めた。

「ふん！」

「ぐおあっ!?」

ローレンスの渾身《こんしん》の一撃が決まる。まともに食らったフィルは吹っ飛ばされ、その衝撃で剣を手放してしまった。

――これが、決め手となる。

「勝負あり！」

判定役を務める男が叫び、勝負は決着。

同時に、両陣営から拍手と歓声が飛んだ。

「いやぁ、いつ見てもローレンス殿の剣さばきは見事なものだ」

「まだ入団して間もないが、すでに次期騎士団長の呼び声も高いらしいぞ」

「それも頷《うなず》ける強さだ」

「うちのフィルだって決して弱くはない。それどころか、十年にひとりの逸材とされている……だが、クレンツ王国のローレンスは百年にひとりの逸材だな」

両方の騎士団から賛辞を贈られるローレンス。

だが、彼は真っすぐに倒れているフィルのもとへと向かい、そっと手を差し伸べた。

「大丈夫か？」

「あ、ああ……やれやれ、参ったよ。今回もまた完敗だ。正直なところ、今回こそはイケると思ったんだがなぁ」

笑みを浮かべつつも、フィルの瞳からは悔しさがにじみ出ている。

「確かに、スピードもパワーも前回より遥《はる》かに磨き上げられていた。短期間であそこまで仕上げてくるとは恐れ入ったよ」

「だが、君はそれを上回った」

「こちらも鍛錬は欠かさないからな」

フィルが厳しい鍛錬を己に課しているように、ローレンスもまた強くなるための努力を惜しまなかったのだ。

「ならば次の演習辺りには追いつけそうだな」

「どうかな？　俺も鍛錬を怠るつもりはない。そう簡単には抜かせないさ」

「ふっ、まだまだ上を目指そうというのか……敵わないな」

ローレンスとフィルは固く握手を交わす。

ふたりのライバル関係を見届けた騎士たちからは、自然と拍手が起こった。

「なんという紳士的な振る舞いだ」

「それに、フィルの方も腐らずさらに精進しようとする姿勢が見られる」

爽やかな青年ふたりの戦いを見届けると、今度は別の騎士が交代で演習場へと入っていく。

ローレンスは今年入ったばかりの新入りから渡されたタオルで汗を拭《ぬぐ》い、さらにその新入りが用意したイスへ腰かけた。

「悪いな」

「い、いえ、これくらいなんでもないですよ！」

「ははは、そう緊張するな。同じ騎士団の仲間じゃないか。これからもよろしく頼むよ」

「は、はい！」

周囲から注目される騎士であるローレンスにそう言われ、新入りは嬉しそうに頷いた。

——その時、

「あっ！　そうでした！」

「うん？　何かあったのか？」

「ローレンス様にお手紙が届いていたんです」

「手紙だって？」

「はい。差出人はお父上ですが……」

「父上だと……？」

父が仕事中にもかかわらず自分へ手紙を出すなど、これまで一度もなかった。

もしかしたら——妹に一大事があったのではないかと心配したローレンスは、新入りから手紙を受け取るとすぐに中を確認する。

「…………」

しばらく沈黙が続いたので、どうしたのかと新入りが「あの」と声をかけようとするのだが——先ほどまでの優しげな表情から一変し、険しい形相となったローレンスの迫力に驚いて言葉を呑《の》み込む。

「……おのれぇ」

手紙を握りしめたローレンスは勢いよく立ち上がると、そのまま騎士団長であるレジナルドのところへと向かうのだった。

第一章　農場拡張計画と迫りくる者

ダンジョンに農場を作って早数ヶ月。

今やこの農場は、国内ですっかり評判となっていた。

その最大の要因といえば、やはり霧の魔女の一件だろう。

騎士団や魔法兵団が血眼《ちまなこ》になってその行方を追っているのだが、未だに足取りは不明のまま。

仮にアジトを突きとめたとしても、身柄を拘束するには相当な戦力が必要になるらしく、頭を抱えているのだとレジナルド騎士団長は口にしていた。

そう思うと、あの時になんとか捕まえておきたかったな。

まあ、霧の魔女のことは専門家の方々にお任せするとしよう。レジナルド騎士団長から特務騎士に任命されているけど、あれは戦闘というより情報収集って面が大きいだろうから、特にその辺へ力を入れていきたい。

恐らく、霧の魔女が俺たちと戦っていた時は本気じゃなかっただろうし、次に戦うような状況になった暁にはこの前のようにはならないはず。

だから、俺は戦い以外のことで、俺にやれることをやっていこうと思う。

もともと竜樹《りゅうじゅ》の剣《けん》は農業に特化した能力を秘めた剣。

工夫次第でなんとかならなくもないけど、基本的には非戦闘用のアイテムとして見た方がいいだろう。そんな俺が、積極的に戦闘へ参加するわけにもいかないし、立ち位置としてはこれがベストなんだと思う。

それに、農家としての仕事の方も順調で、これからますます忙しくなっていきそうだしな。

取引先も、ライマル商会だけでなく、霧の魔女の騒動がきっかけとなり、新しくキアラやシャーロットの通う王立学園とも商売をすることになった。

あと、新たに特務騎士という肩書が増えた。

名前に騎士と入ってはいるが、特別な鍛錬をしたり、遠征に出たりする必要はない。あくまでも日々の生活の中で得た情報や、できる範囲での支援を騎士団に提供するだけだ。

だから、生活環境が根本から変化するってことはなかった。

シモーネやハノンは農作物の管理をしつつ、俺の手伝いをしている。マルティナ、キアラ、シャーロットの三人はダンジョン探索をし、家事全般はクラウディアさんがやってくれている。

変わったようで何も変わっていない俺たちの日常は、今日も穏やかに過ぎていくのだった。

ライマル商会から報酬であるニワトリを受け取って数日後。

いつものようにマルティナ、キアラ、そしてシャーロットの三人はダンジョン探索に出かけ、メイドのクラウディアさんはウッドマンたちと家事に大忙し。

で、農場管理を担当している俺とアルラウネのハノンと水竜のシモーネの三人は、ある問題に直面していた。

「今のままではまずいのぅ」

ハノンが、心配そうに呟《つぶや》いた。

その視線の先にいたのは数十羽のニワトリであった。

「少しもらいすぎたのではないか？」

「今では反省しているよ……」

普通のニワトリならこの数でも問題ない。

しかし、今回俺が報酬として受け取ったニワトリはシルバークックという特別な品種であった。

シルバークックは非常に荒っぽい性格で、四六時中暴れまくっているらしい。そのため、気がつくと傷だらけになっており、それが原因で死んでしまうのだ。こうした理由から、シルバークックの飼育は一日中気が抜けず、交替で見守れる大規模な牧場でしか育てられないと言われている。

うちには不眠不休で働けるウッドマンが大勢いるし、その辺に関しては問題ないと踏んでいたが……その気性の荒さは想像を超えていた。

「まさかここまでとはなぁ……」

原作でもある【ファンタジー・ファーム・ストーリー】におけるシルバークックは超絶レア動物であった。

購入できる条件も限られる上、難易度が高く、恐ろしく値が張る。それが無料って言うんだから、この話に乗らないわけにはいかない。

しかし、それは浅はかな考えだったと今は猛省している。ゲーム内では飼育難易度が設定されていたとはいえ、甘く見すぎたようだ。

現状では少数のグループに分け、隔離しているが、これは望ましい飼育環境とはいえない。

この凶暴なニワトリたちをどうやって飼育していけばいいのか。

大きさも、普通のニワトリよりデカいし……こりゃちょっと難しいかな。

あきらめかけた——その時だった。

「今日もニワトリさんたちは元気ですねぇ」

俺とハノンの心配をよそに、シモーネがいつものおっとりとした調子で籠《かご》に入っているシルバークックたちを眺める。

だが、ヤツらはそのような視線などお構いなしにケンカを続行。

「あっ、ケンカしちゃダメですよ。めっ」

それを見たシモーネは優しくシルバークックたちを注意する。

さすがにあれでは言うこと聞かないだろうなぁと思いつつ、それ以上近づいたら危険だぞ、と注意しようとした。

その時、俺はシルバークックたちの異変に気がつく。

「「「「…………」」」」

さっきまで猛《たけ》り狂っていたシルバークックたちが突然静まり返ったのだ。

「えっ？　なんで？」

「うぅむ……なぜじゃろうなぁ」

俺とハノンは豹変したシルバークックの様子を不思議そうに眺めていた。

何が原因だったのか……その理由については、間違いなくシモーネが握っていると断言していいだろう。

「シモーネ……お主、一体どのような手を使ったのじゃ？」

「？　何の話ですか？」

ハノンからの追及に対し、相変わらずのんびりとしているシモーネ。

俺の目にも、彼女が何か特別な手を用いてシルバークックたちを黙らせているようには映らなかった。

となれば、あと考えられる可能性は……。

「本能、か」

これは俺の勘なのだが、恐らくシルバークックたちには見えていたのではないだろうか——シモーネのもうひとつの姿である、水竜の巨体が。

今までは遠くから眺めているだけだったから気づかなかったけど、こうしてすぐ近くに迫ったことで生物としての危機察知能力が、「逆らってはいけない」とシルバークックたちに語りかけている……そんな気がしてならなかった。

「？　みんな静かになっちゃいましたねぇ。仲直りしてくれたんでしょうか？」

突然おとなしくなったシルバークックを見て首を傾《かし》げるシモーネ。当人にその自覚はないようだ。

「……なあ、シモーネ」

「はい？」

「このニワトリたちの世話を任せてもいいかな？」

「！　よ、喜んで！」

シモーネはニワトリの世話係を喜んで受けてくれた。

「みなさぁん、今日から私がお世話係に任命されましたぁ。どうか、よろしくお願いしますぅ」

「「「コケーッ！」」」

まるで号令のように声を合わせるシルバークックたち。

世話係はシモーネが適任だな。

さて、これでシルバークック同士のケンカはなくなるだろうし、本腰を入れて鶏舎づくりに取り組める。

「場所はこの辺りでいいかな」

地底湖から少し距離を取って、ツリーハウス寄りに小屋を建てることにした。

なるべくストレスがたまらないよう、存分に動き回れるスペースを確保。逃げださないように高いフェンスをつけて、あとはエサを置く場所も用意しておかないとな。

やることがたくさんあって大変そうに思えるが、ツリーハウスの複雑さに比べたらなんてことはない。

竜樹の剣さえあれば、一瞬で理想とする鶏舎が完成する。

「シモーネがシルバークックたちをまとめてくれている間に……完成させちゃうかな」

俺は竜樹の剣を地面に突き刺すと、魔力を注ぎ込む。地中に埋まった剣先から木の根が生えてきて、それはやがて俺の思い描く姿へと変化していった。

「相変わらず便利な力じゃなぁ」

呆《あき》れたように呟くハノン。

俺自身、あまりにも有能すぎるから毎度驚かされるんだよね。やっぱり、いろいろと規格外だよなぁ、この剣って。……農業関連についてのみだけど。

結局、ものの数分で俺の想定していた通りの鶏舎が完成した。

「ふぅ……こんなところか」

竜樹の剣を引き抜き、完成した鶏舎を軽く見回した後、シモーネにお願いしてシルバークックたちを仮の住まいとしている囲いから移動させる。

「それじゃあ、新しいお家に引っ越ししますよぉ」

「「「コケーッ！」」」

相変わらず、シモーネの言うことには従順だな。

暴れずに大人しくしてくれるというなら、何も文句はないけどね。

シルバークックたちの移動が終わると、早速連中は広い鶏舎内ではしゃぎ始めていた。先ほどのようなケンカはなく、広くて自由に動き回れるこの場所が気に入ったらしく、とても元気いっぱいだ。

「元気じゃのぅ」

「みんな楽しそうでよかったですぅ」

「快適に過ごしてもらえているようでひと安心だよ」

とりあえず、成功したことに安堵《あんど》する俺たち――と、その時、ちょうど目の前にいたシルバークックが卵を産んだ。

「「あっ！」」

まさかこのタイミングで卵を産むとは……驚きつつもそれを拾い上げてジッと見つめる。

「ダンジョン農場で生まれた最初の卵ですねぇ」

「記念すべき卵じゃな」

「あ、あぁ」

な、なんだろう……感動してきた。

食べてしまうのがもったいないなぁ。専用のケースに入れて愛《め》でていたいところだけど、そういうわけにもいかない。

シモーネとハノンにはそのまま鶏舎の様子をチェックしてもらい、俺はひとりでツリーハウスへ。

そこにはウッドマンたちとともに家事に勤《いそ》しむクラウディアさんがいた。

「ベイル様？　夕食にはまだ早いですよ？」

「その夕食に使えそうな食材ができたんですよ」

「っ！　その手にしているのはもしや……シルバークックの卵ですか？」

「はい。ついさっき産んだばかりなんですよ」

「それはなんとも贅沢な……」

あのクラウディアさんがここまで驚くなんて。

噂には聞いていたけど、やっぱりシルバークックって凄いニワトリなんだなと改めて実感するよ。

クラウディアさんはこれから夕食の準備に取りかかるということだったので、俺はそのお手伝いをするため一緒にキッチンへと向かう。

実は、前々から聞こうと思っていたことがあったので、それを確認したいという意味も込められたお手伝いだった。

その確認したいことというのは――新たにツリーハウスに住むことになったシャーロットについてだ。

こちら側からは特に何もないのだが、移住に関して最大のネックとなるのは……間違いなくシャーロットの両親だろう。

シャーロットは貴族令嬢。

キアラも立場的にはあまり変わらないのだが、あっちは両親が娘の自主性を尊重するタイプの人たちだったので、むしろそうした決断を下したことに対して喜びさえ感じているようだった。

しかし、シャーロットの場合は違う。

おまけにあっちは俺の元婚約者。

シャーロット自身はもう覚えていないようだけど……絶対に両親は覚えているだろう。

まだ小さかったから、俺は婚約破棄に至るまでのゴタゴタについて詳細な情報を得ていないが、クラウディアさんの反応とか見ているとオルランド家の方に問題があったらしい。残念ながら、納得してしまうんだよなぁ……あの父親ならば、やらかしかねないと思うし。

だからこそ、場合によってはとんでもなく面倒なことに発展するのではないかと心配しているのだ。

こちら側としては、その場の勢いに任せて思わずＯＫを出してしまった感が否めないが……早計だったか？

　でも、あれを断るのはさすがにちょっと気が引けるし。

「うーん……」

「お悩みのようですね。お嬢様のことですか？」

「そりゃそうだよ――って、うわっ!?」

　悩んでいたら、調理しているクラウディアさんから声をかけられる。

「ク、クラウディアさん……？」

　そこで俺はハッとなる。

　もしかしたら、クラウディアさん――本当は事情を知っているんじゃないか？

　最初に聞いた時は婚約解消の理由を知らないって反応だったが、あれはブラフで本当は真実を知っている可能性もある。

　そう思った俺は早速尋ねてみることにした。

「あ、あの」

「なんでしょうか？」

「実は大切なお話がありまして……」

「大切なお話……？　――あれだけたくさん若い少女たちを囲ってなお私のような年増に手を出すおつもりですか？」

「誤解だよ!?」

とんでもない方向で解釈されていた。

「冗談です」

「そ、そうですか……」

とてもそうは思えないほど真顔だったけど……この人だけは本当にいろいろと読めないな。あと、年増っていうほどでもないと思うけどなぁ、クラウディアさん。

……気を取り直して、

「俺とシャーロットの婚約解消についてなんですが——本当にクラウディアさんは何も知らないんですか？」

「存じ上げませんね」

秒でハッキリと言いきられた。

「そ、そうですか……シャーロットの移住をあっさり承諾してしまったんですけど、ご両親からの許可は——」

「もらっています」

「えっ？」

「もらっています」

とても大事なことなので二回言ったのか？

「ほ、本当ですか？」

「嘘を言っても仕方がありませんし、本当に黙って出てきたのなら今頃このツリーハウス周辺はブラファー家の命を受けた騎士たちで取り囲まれています」

　そりゃそうだ。

　となると、本当に許可が下りたのか……一体、ブラファー家の真意は何なんだ？

「ブラファー家の狙いは一体……」

「警戒する必要はありません。そこまで深い考えはありませんから」

「へっ？　どういうこと？」

「それはもう、シャーロット様がビックリするくらい大泣きしてご両親に訴えましたからね。――っと、すみません。これはお嬢様から『絶対に言わないで』と固く口止めされているのでした」

　わざとらしく舌をペロッと出して謎のあざとさをアピールするクラウディアさん。

「ま、まあ、ここにいることをご両親が知っているのならいいんですけど……」

「そんなに心配ですか？」

「そりゃあ……相手が婚約破棄をした側の男ですし。シャーロットの方は気づいていないみたいだけど」

「案外、あなたが例の元婚約者だということは薄々感づいているのかもしれませんよ？」

「うっ……」

それならめちゃくちゃ気まずくなるなぁ。

ちょっと不安になったところで、ダンジョン探索組が帰宅。それに合わせて、シモーネとハノンも戻ってきた。

「あら？　ベイルがキッチンに立っているなんて珍しいじゃない」

トレードマークでもある黒いとんがり帽子を取りながら、キアラが言う。それに続き、今度はマルティナがエプロンをつけながらパタパタと小走りにやってきた。

「ここからは私が手伝いますよ」

「いや、マルティナは戻ってきたばかりで疲れているだろう？　今日くらいは俺に任せてくれよ」

この日はシャーロットについてもう少しクラウディアさんと話がしたくて、キッチンでの仕事を全部請け負うことに。でもまあ、いつも料理を頑張ってくれているマルティナに休んでもらいたいというのも本心だった。

たまには俺も、こういう仕事に汗を流さないとな。

◇◇◇

次の日。

今日は学園へ収穫した野菜を届けるべく、全員で出発の準備を進めていた。

幸いにも、天気は快晴。

暑くなく、それでいて寒くもない、程よい気温であった。

「うぅ～ん……いい天気ですわねぇ～。風も直《じか》に感じられて心地よいですし、絶好のお散歩日和《びより》ですわ～」

普段乗り慣れている馬車とは違い、今回は荷台付きのもの。しかし、シャーロットは嫌な顔ひとつせず、むしろ「新鮮な体験ですわ！」とノリノリで荷台へと乗り込むと、ウキウキしながら辺りを見回している。

乗り慣れたいつもの馬車は四方を囲まれ、窓からしか外の景色を見ることができなかったが、今は違う。

シャーロットは、どこへ視線を動かしても風景を楽しむことができるこの馬車をいたく気に入った様子だった。

「いつもの馬車と違って開放感がありますわね」

「あっ、それあたしも思った」

「キアラさんと意見が一致するなんて……でもまあ、これに乗ったらそう思うのも無理ありませんわね」

「違いが分かるようなこと言っちゃって」

シャーロットとキアラの関係にも変化があった。最初の頃に感じた険悪さ——いや、険悪というよりも、行きすぎたライバル意識というものが薄れ、互いを認め、程よい対抗心が芽生えているって感じだ。

「いい感じですね、あのふたり」

「ああ、そうだな」

ツリーハウスで過ごしているうちに、両者の関係によい影響が出ている。これはまず間違いないだろう。そういえば、キアラも最初はそうだったものな。

ふたりの穏やかなやりとりにハノンやシモーネも交ざるのを楽しく見届けているうちに、目的の学園へと到着。

すると、正門前で腕を組みながらこちらを見つめるひとりの男性が。

「ウィリアムスさん？」

「おぉっ！　待っていたぞ！」

薬草農園の管理者であるウィリアムスさんだった。

どうやら、俺たちが持ってくる薬草を心待ちにするあまり外で待ち構えていたようだ。

俺たちを発見した時に見せた少年のような煌《きら》めく笑顔がその証拠――よっぽど全滅してしまったのがショックだったんだな。霧の魔女への恨みも相当深かったみたいだし。

「その荷台に載っているのが……」

「はい。確認してみてください」

「お、おう」

ウィリアムスさんは早速荷台に詰めてある薬草へと目を通す。

すると、みるみる表情が変化していった。

「す、素晴らしい……」

しばらくすると、小声でそう漏らした。

「さすが、あの見る目が厳しいとされるライマル商会からお墨付きをもらっただけのことはある。ここまでの上物は市場でも滅多に出回らないぞ。それがこんなに大量に……」

すぐさま薬草の品質を見抜いた――さすがウィリアムスさん。

「えぇっと……学園の農園で収穫する予定だった薬草の代わりとしては大丈夫そうですか？」

「もちろんだ！　待っていてくれ！　すぐにスラフィンさんを呼んでくる！　馬車は農場の方へ回しておいてくれ！」

大喜びするウィリアムスさんは、その高いテンションのまま校舎へと走っていった。

「気に入ってもらえたようで何よりだよ」

「とりあえずはひと安心じゃな」

「よかったですぅ」

「でも、あそこまで喜ぶものかしら？」

「それくらい嬉しかったんですよ、きっと」

ホッと胸を撫で下ろしていると、不意にシャーロットの顔が視界に入った。

俺はその表情に違和感を覚える。

なぜなら、さっきまでの明るさは鳴りを潜めており、ウィリアムスさんが満足してくれたことに安堵している周りのメンバーと違い、彼女だけはこの世の終わりみたいな顔つきだったからだ。おまけに、横に立つクラウディアさんも緊張したような面持ちになっていた。

ふたりは一体何を目撃したのか。

両者の視線を追っていくと、そこには一台の馬車があり、その周囲を数名の兵士が守るように立っている。

その馬車に描かれた紋章には見覚えがあった。

「あれって……ブラファー家の？」

そう。

あの馬車は、ブラファー家の馬車だったのだ。

でも、一体なんで学園に？

……なんだか、猛烈に嫌な予感がしてきたぞ。

ちなみにその馬車は無人だった。乗っていた人は校舎に入っていったのか、周辺にいないようだが……シャーロットは誰が来たのかおおよその見当がついているようだった。

「お、お父様……」

シャーロットの父親。

つまり、ブラファー家の当主。

そんな大物が学園に来ているというのか。

しかし、それが本当だとするなら——

「……まずい」

俺は誰にも聞かれないよう、ボソッと呟く。

ある意味、従弟《いとこ》のディルクと鉢合わせるよりも厄介だぞ……何せ、他のみんなには俺がシャーロットの元婚約者であるということをまだ告げていない。

そもそも、シャーロット自身が俺のことを覚えていないし、さらに婚約破棄という流れに傷を負っているらしいとクラウディアさんから聞いていたので、なかなか言いだせなかったんだよなぁ。

……だから、この状況は非常にまずい。

シャーロットはもちろん、あのクラウディアさんも相当焦っている。表情の変化に乏しい彼女だが、コメカミから頬へと垂れる一筋の汗——もうそれだけでめちゃくちゃパニックになっていることが分かった。

これからゆっくりと打ち明けていこうと思っていた矢先にこれだからな……なんとかして、この場を乗り切らないと。

でも、一体何をしに学園へ来たんだ？

ひょっとして、俺の身辺調査とか？

学園にはこれまでお世話になったスラフィンさんやウィリアムスさんがいるから、その人たちから詳しい人物像を聞きだすつもりなのか。

けど、それなら代理を立てるんじゃないか？

わざわざ当主自ら出向いてそのようなマネをするのかどうか……少々疑問が残るな。

——あれ？

でも、待てよ。

そういえば……。

「なあ、シャーロット」

「……なんですの？」

「騎士団に所属しているっていう君のお兄さんは確か……この学園の卒業生だったよね？」

「お兄様？　え、ええ、そうですが——まさか！」

どうやら、シャーロットも気づいたようだ。

恐らくあの馬車に乗っていたのはブラファー家当主ではない。いくらなんでもこの案件でわざわざ学園に当主本人が出張ってくることはないだろう。

だとすれば、残された可能性はシャーロットの兄であり、この学園にもゆかりのある——ローレンスさんただひとり。

「ローレンス様が……あり得ますね」

当主でないと分かると、クラウディアさんが元通りになった。

態度変えすぎじゃない？

ともかく、これで冷静さを取り戻した——と、思ったら、

「あの」

「うん？　どうした、マルティナ」

「どうしてベイル殿がシャーロットちゃんのお兄さんの仕事や学園の卒業生ということを知っているのですか？」

「!?」

マルティナの純粋な質問に、場が騒然となる。

……迂闊《うかつ》！

来訪者のことを気にするあまり、思わず口が滑ってしまった。

「い、言われてみれば……」

「気になるのぅ……」

「わ、私もとても気になりますぅ……」

キアラ、ハノン、シモーネの三人から送られる鋭い眼光。

そして、

「あなた……」

不思議そうな顔で俺を見つめるシャーロット。

自然な流れだったからそれに合わせて返答していたけど、マルティナのツッコミで「言われてみれば」と冷静になったらしい。

それに耐えきれず、アイコンタクトでクラウディアさんに助けを求めるが、ただ黙って頷くだけ。

これは……もうすべてぶちまけるしかなさそうだな。

俺としても、みんなに隠し事をするのは気が引けたし……ただ、シャーロットの精神状態を確認しながらってことになるけど。

大きく息を吐いてから、俺はみんなに説明を始めた。

「シャーロット、あなたベイルにお兄さんのことを言ったの？」

「い、いいえ、何も伝えてはいないはずですが……」

ただ、シャーロット自身が俺について一切言及していないため、特にキアラはそこが引っ掛かっているようだった。

つまり、俺自身はシャーロットとの関係を知っているが、シャーロットの方は知らないという、いびつな状況になっているということになる。

これはどうやら……完全に詰んだみたいだな。

「実は——」

これまでの流れを説明し終えると、全員の表情が困惑に包まれた。

正直、俺が知っているのはシャーロットと「婚約していた」という関係性のみであったが、それだけでもうみんなにとって十分衝撃だったようだ。

その後、どうして婚約破棄にまで話が至ったのか——詳細な経緯については、一切の情報を持ち合わせていなかった。

クラウディアさんも同様にその先に関しては何も知らなかったため、会話が途切れ途切れになり、最終的に俺とシャーロットの関係性を知った四人は——

「「「…………」」」

絶句。

みんな言葉が出てこない。

……無理もないか。

一方、当事者でもあるシャーロットの反応はというと、

「そうでしたの……」

こちらも困惑の色が見て取れる。

「なんとなく……学園でお会いした時から、『もしかしたら』という気持ちはありましたの」

「そ、そうだったのか？」

「ええ。それくらい、小さい頃のわたくしにとって、あなたの存在が大きかったということですわ

ね」

……あれ？

なんか、シャーロットの雰囲気が変わった？

妙に落ち着き払っているような？

クラウディアさんの話では、俺との婚約破棄が正式に決まってからふさぎ込んでいたという。

そのため、「どうして婚約破棄したのか」と問い詰められてもおかしくはないと覚悟していたのだが……。

「シャ、シャーロット……？」

「そんな顔をしないでくださいまし」

シャーロットの反応は、俺の予想とはまるで違っていた。

「こうして……またあなたに会えた――それに、あなたはわたくしの記憶の中にある優しいあなたのままだった。その事実だけで十分ですわ」

前向きに語ってみせるシャーロットは吹っ切れたような笑顔を見せる。

その笑顔を目《ま》の当たりにして、心配していたクラウディアさんも安堵したようだった。優しげな声で「お嬢様」と呟き、彼女の細い肩にそっと手を添えると、シャーロットもそこへ自身の手を重ねるように置く。

ふたりの信頼関係がうかがえる一幕だった。

「まったく……そういうことならもっと早く言ってくれたらよかったのに」

「さすがにちょっと驚きましたけど……」

「どことなく、クラウディアとお主の間に微妙な空気が流れていると感じてはおったが……」

「その謎が解明できてよかったですぅ」

他の四人も、俺やクラウディアさんの態度に思うところはあったようだ。本当に悪いことをしたな……今後は注意しないと。

報告を終えてひと安心していると、

「む？　シャーロットか？」

突如若い男の声がした。それに反応して視線を動かすと、声の主がこちらへと歩み寄ってきているところであった。

年齢は二十一、二歳くらいか。

どことなく、シャーロットに似ているようだが、もしかして――

「ロ、ローレンスお兄様」

やはり、シャーロットの兄だった。

「そちらにいる者たちは何者だ？　学生というわけではないようだが……関係者以外がここで何をしている？」

ローレンス・ブラファー。

この人……知っている。

原作である【ファンタジー・ファーム・ストーリー】の登場人物だ。おまけに、あるイベントにおいて重要なポジションを担っている。

……待てよ。

ゲームの中でも、ローレンスさんに妹がいるという設定になっていた。それ自体は問題ではない。

厄介なのは――その妹に対しての感情だ。

「!?　貴様はベ、ベイル・オルランド……！」

そんなことを考えているうちに、ローレンスさんが俺の存在に気づく。

幼少期――つまり、まだ俺とシャーロットが婚約していた頃、俺はローレンスさんと会った記憶がある。

ところが、その時のローレンスさんの俺に対する印象はあまりいいものではなかった――というか、嫌悪感しかなかった。まだ子どもの俺でもハッキリと認識できるくらい、露骨な態度だったからな。

――なぜ、ローレンスさんが俺に対してそんな態度を取ったかというと、

「貴様……なぜここにいる！」

ローレンスさんの顔つきが一変。

まるで宿敵と相対した時のような形相――いや、ローレンスさんの性格を考えたら、そうなってしまうのも無理はないか。

「お、お久しぶりです」

「ふん！　妹にあのような仕打ちをしておいてよくそんなことが――うん？　待てよ」

何かを思い出したらしいローレンスさんは、話を途中で切り、思案するように顎へ手を添える。

「ベイル・オルランド……そもそも貴様はオルランド家を追いだされたと聞いたが？」

「は、はい。なので、今は実家を離れて野菜や薬草を育てて暮らしています」

「何？　それではまるで農夫ではないか!?」

まるでというか、農夫そのものなんですけどね。

「どうやら……俺の考えは正しかったようだな」

ここまでの情報を整理したローレンスさんは、自信満々にそう告げた。

「貴様の魂胆などとうに見抜いている――婚約破棄したシャーロットにすり寄って、再び貴族へ返り咲こうとしているのだな！」

「えっ？」

そっち方向に捉えられたのは予想外だった。

「あ、いや、そういうわけでは……」

「何っ!?　では、今頃になってシャーロットが惜しくなったか！」

「え、えっと……」

「だが、貴様の気持ちは分からなくもないぞ。――なぜなら！　シャーロットは世界一可愛いからな！！！！」

うーん……相変わらずだな、ローレンスさん。

周囲から将来を期待される若手騎士。

超絶イケメンであり、頭脳明晰《めいせき》、気配りもできる完璧超人――だが、ここにシャーロットが絡むと途端にポンコツと化す。

ローレンス・ブラファーという人物をひと言で表すなら……超がつくほどのシスコンなのだ。

「お兄様！　いい加減にしてくださいまし！」

ここへ来て、ようやく我に返ったシャーロットが猛抗議。

「わたくしはいつまでも子どもではありませんわ！」

「！？！？！？！？」

あっ、これダメなヤツだ。

「貴様ぁ……妹に何を……」

怒り心頭のローレンスさん。

「その首を刎《は》ねてやろうかぁ！」

とてもじゃないが、冷静に話し合いに持っていける空気ではない。

すると、ハノンとシモーネのふたりが俺の前に出る。

ふたりで俺を守ってくれるつもりらしいが、ここでブラファー家の長男ともめ事を起こすのは望ましくない。なんとかして暴走するローレンスさんを落ち着かせ、誤解を解かなくては。

「なんの騒ぎだい？」

すると、事態を聞きつけたスラフィンさんがやってくる。

「ローレンス・ブラファー？　なぜここに？」

「……いえ、別件でこちらを訪れたのですが、我が妹がこちらの男に――」

「ベイルが？　……ならば、心配する必要はない」

「どういう意味ですか？」

「彼の家には私の娘も世話になっている。というか、そこにいる他の三人も、ベイルと同じ屋根の下で生活をしているんだ」

「なっ!?」

自然な流れで火に油をぶっかけたスラフィンさん。

「おのれぇ……貴様ぁ！　うちの妹だけでなく、こんなにも大勢の女性を家に連れ込むとは……!!」

「ご、誤解ですよ！」

確かに共同生活はしているけど、ローレンスさんの想像しているような関係では断じてない――

と、胸を張りたいところだが、なかなか信用してもらえそうにないな。

一向に消える気配のない、ローレンスさんの怒りの炎。

だが、ここでとうとう切り札とも言うべき人物から最後通告がなされる。

「いい加減にしてください、お兄様。……聞く耳を持っていただけないのなら、わたくしにも考えがあります」

「か、考え？」

不穏な空気を察したのか、途端にローレンスさんが大人しくなる。

「そうですねぇ……とりあえず、一年間の会話禁止、とか？」

「!?」

仮定の話とはいえ、シャーロットから罰を言い渡されたローレンスさんはその場に膝から崩れ落ち、放心状態となる。

とりあえず、怒り狂った状態からは一歩前進——と見ていいのだろうか？

「やれやれ……これで少しはまともに話せそうだ」

大きく息を吐きながら語るスラフィンさん。

あっ、やっぱりそれでいいんだ。

「な、なんというか……個性的なお兄さんですね」

「個性的というか、病的なシスコンというか……でも、腕は確かかよ。学園史上最高の騎士って呼ばれているくらいだから」

ああ、そういえばゲームでもそんな風に呼ばれていたな。

それから数分後。

ようやく意識を取り戻したローレンスさんは、「コホン」と気まずそうに咳払いをした後、

「取り乱した……すまない」

とだけ俺に告げた。

気を取り直して、話を進めよう——と、思ったら、俺よりも先にまずスラフィンさんが口を開いた。

「ローレンス、この学園に何の用があって来たんだい？」

「それは……学園長に用事が——」

そこまで言うと、ハッと何かに気づいて口を閉じた。

ローレンスさんは「詳しくはどこか落ち着いて話せる場所で」とスラフィンさんとの会談を希望。

当然、その場に俺たちは不要となるため、今日のところはこれで帰ることにした。

「お兄様……」

「シャーロット……また、近いうちにゆっくり会おう。——ベイル・オルランド。貴様ともな」

さすがにここは仕事を優先させるローレンスさん。

しかし……一体何の用事だろう。

気になるな。

スラフィンさんとローレンスさんは話し合いをするために校舎の中へと入っていった。

「一体……何があったんだろう……」

俺たちには知る由もない――が、知っている可能性があるとすれば、

「シャーロット、それにクラウディアさんも、何か知らない？」

このふたりしかないわけだが……ふたりは揃《そろ》って首を横へと振った。

「最近、お兄様が何やら大きな事件の調査に乗りだしているというのはお父様との会話から漏れ聞こえていましたが……具体的にどのような話かまでは知りません」

「私も同じですね」

「なるほど……でも、そうなると今回の薬草農園の件が絡んでいるかもしれないな」

何せ、あの事件の裏には霧の魔女がいた。

原作でもある【ファンタジー・ファーム・ストーリー】の中では攻略難易度が激ムズに設定されている、あの霧の魔女だ。騎士団が自ら調査に動きだしたとしても、何ら不思議ではない。

……となるとエーヴァ村やネイサン村での事件ともかかわりが出てきそうだな。

俺がシャーロットの元婚約者であるという事実は、こうしてダンジョン農場のメンバー全員に知

れ渡ることになる。

ただ、それで俺たちの関係に大きな変化が訪れるということはなかった。

あとは、ローレンスさんに抱かれている誤解をどうやって解消するかだけど……これはかなり骨が折れそうだな。

第二章　バカンスへ

「うーん……そろそろ休憩にしようか」

「そうするかのぅ」

「はいですぅ」

午後の作業に区切りがついて、ひと息つこうとハノンやシモーネに声をかけてツリーハウスへと戻ろうとした――その時、何やらこちらに向かって勢いよく走ってくるふたつの人影が視界に飛び込んでくる。

「うん？　あれは……」

ダンジョン側からこちらへ入ってこられるルートを知っている者は限られる。

そして今、この場にいない者といえば――

「マルティナにキアラ？　もう戻ってきたのか？」

いつもなら夕方近くまで粘るのだが、今日はやけに早いな。確か、いつも通り、マルティナの作ったお弁当を持っていったはずだが……もしかして、どちらかが怪我《けが》でもしたのか!?

「どうかしたのか、ふたりとも！」

慌てて駆け寄るが、返ってきたのは意外な言葉だった。

「忘れてたぁ！」

そう叫んだのはキアラだった。

「へっ？」

「忘れてたのよ！　――明日で学園の前期授業は終わりなの！」

「な、何？　どういうこと？」

取り乱すキアラを落ち着かせ、事情を聞いてみると――彼女の通う学園は一年を前期と後期のふたつに分け、その間に一ヶ月ほどの長期休校が挟まるという。

で、その長期休校は明後日《あさって》からであり、明日は前期最終日として終業式があるらしく、これはどの学生も絶対に参加しなくてはならないと義務付けられていたのだ。

もちろん、普段あまり授業に参加しない研究生という立場のキアラも参加しなければならない。

「ヤバいわ……いろいろと提出しなくちゃいけない課題があるんだった……ついつい後回しにしていて……おまけに試験もあるのに！」

頭を抱えるキアラ。

顔面蒼白《そうはく》になりながらツリーハウスへ戻り、マルティナには「この埋め合わせは必ずするから！」とも叫んでいた。

――と、そこへ、

「お待たせしましたわね！！！！」

騒がしい状況を余計に騒がしくする存在がやってきた。

ツリーハウスの最上階にある玄関から入り、この地底湖まで下りてきたのは、所用で実家に戻っていたシャーロットとその専属メイドを務めるクラウディアさんだった。

「あっ、おかえり、シャーロット。持ってきたいって言っていた物は揃《そろ》った？」

「おかげさまでバッチリですわ！」

普段使いしている物にもこだわりがあるらしいシャーロットは、生活用品の一部を持ち込むため、朝から実家へと戻っていた。

「ふふん！　わたくしが使うに相応《ふさわ》しいアイテムは、やはり一流の物でないといけませんわね。キアラさんもそう思うでしょう？」

「あぁ、はいはい。そうね」

いつもなら反論のひとつやふたつ返ってくるのだが、あまりにもサラッと流されたことでシャーロットはいつもと違う状況にあることに気づく。

「な、なんだか反応が薄くありません？」

「あぁ……それは――」

「悪いわね、シャーロット。今それどころじゃないのよ」

鬼気迫るキアラの形相に、シャーロットは一瞬ビクッと体を強張《こわば》らせる。しかし、すぐにいつもの調子へ戻った。

「あらあらキアラさん？　何をそんなに慌てていらっしゃるのかしら～？　淑女としてあるまじき――」

「あなた、明日が終業式だって知ってる？」

「……ふえ？」

キアラの放ったひと言で、シャーロットの顔色は一変。

……どうやら、彼女もすっかり忘れていたようだ。

かくして、平穏な夏休みを迎えるべく、キアラとシャーロットによる課題殲滅《せんめつ》作戦が展開された。

王立学園では、長期休校期間に課題を出すのではなく、休校の前に提出させる方法を採用しているとのこと。

学生のほとんどが寮生活をしているため、休校期間中はゆっくり実家で過ごしてもらおうという意図があるらしい。

ちなみに、課題だけでなく試験も行われるようで、赤点を取った場合は休校中に補習授業を受けなければならないという。それだけは絶対に避けたいと躍起になるふたりは、クラウディアさんに

教えてもらいながら課題と試験勉強を同時進行させていく。

「だ、大丈夫でしょうか……」

「とはいえ、ワシらには手助けのできん領域じゃからなぁ」

「あうぅ……」

マルティナ、ハノン、シモーネの三人はふたりのために何もできない自分たちの無力さに悔しさを感じていたようだが、こればっかりは仕方がない。

ふたりがなんとかクリアできるよう、せめて明日の朝食はみんなで豪勢なものを用意するとするか。

◇◇◇

「「終わったぁ！」」

朝日が地底湖を照らし始めたと同時に、キアラとシャーロットの叫び声がツリーハウス内に轟《とどろ》いた。

「おっ？　終わったか」

「なんとかねぇ……」

「あとは試験にパスするだけですわ……」

徹夜明けということもあり、激戦を勝ち抜いた戦士のような顔つきのふたり。腹ペコだと訴える彼女たちのため、俺たちはすぐさま協力して朝食の準備に取りかかる。

「少しでも寝ておいた方がいいんじゃないか？」

「そうね……ちょっと横になるわ」

「朝食ができたら起こしてくださいまし……」

「了解だ」

戦い終えたふたりは自室にて仮眠を取る。

なんとかうまくいってもらいたいが……果たして、どうなることか。

というわけで、本日は朝からふたりとも学園へと出向いて不在。

クラウディアさんもそちらへついていったため、残った俺を含めた四人はグレゴリーさんのもとへ野菜を届けるため、商会を訪れた。

学園は午前中で終わるとのことだったので、その帰り道に合流し、ドリーセンの町で買い物でもしようと考えていた。

ふたりが来るのを待つ間、俺たちは待ち合わせ場所に指定している商会でしばし時間を潰すことに。

ここには冒険者から買い取ったアイテムの一部が並べられており、専門店には及ばないものの、品数も多く、安価で手に入るという利点がある。それを目当てにやってくる客もいるのだ。

「マルティナよ。たまにはこのような下着をつけてみるのも一興ではないか？」

「下着——って！　これほとんど下着の意味ないですよ！」

「わぁ～……」

　女子三人は男の俺が入り込みづらい話題で大いに盛り上がっていた。なんとなく気まずくなって、見る必要もない剣や斧《おの》といった武器を眺めていると、

「はっはっはっ！　あれだけ女の子ばかりだと、男の君は肩身が狭いな！」

　豪快な笑いとともにグレゴリーさんがやってくる。

「あはは……でも、みんなが楽しそうで何よりです」

「ふむ。そういう君はどうだ？　感心するほど働き者だが、しっかり体は休めているか？」

「休み……」

　まったく取っていないというわけではないが……そういえば、キアラとシャーロットが通う学園は今日から一ヶ月ほどの長期休校に入ると言っていたな。さすがにそこまで長く休む必要はないけど、数日ほどの連休はあってもいいかも。

「いい機会だ。君も少しのんびり休んでみたらどうだ？」

「のんびり……ですか？」

「例えば旅行なんてどうだ？」

旅行、か。

生活基盤も整ってきたし、ライマル商会と学園に野菜や薬草を卸すことで安定した収入も確保できつつある。この世界のことを直接この目で見てみるのも悪くないかもな。

旅行という単語に胸が高鳴っていると、

「それでしたら、わたくしの別荘へご招待いたしますわ」

学園から戻ってきたシャーロットが、俺たちの会話に割って入る。

「べ、別荘？」

「王国の領海内にある小さな島にありますの。わたくしたちはそこに一週間ほど滞在してバカンスを楽しみますのよ」

そういえば……聞いたことがある。

オルランド家は山の方に別荘を持っているが、ブラファー家は海に別荘があるんだったな。宝石のような美しい海という評判で、大陸側の方はリゾート地として観光客が大勢押し寄せる。

だが、ブラファー家の別荘は離島にある。

つまり、完全なプライベートビーチというわけだ。

「いかがです？　完全プライベートビーチに食事は豪華な海鮮料理……後悔はさせませんわよ？」

「それは魅力的なお誘いではあるけど……いいのか？」

「問題はないかと」

俺とシャーロットの間からニュッと顔を出したクラウディアさんが告げる。

……この人、本当に神出鬼没だな。

「実を言うと、旦那様と奥様が多忙のため、今年はあの島へ行けないことが発覚し、今にも泣きだしそうだったお嬢様を見かねておふたりが――」

「そこまで言わなくていいですわ！」

なるほどね。そういうことか。

「招待ありがとう、シャーロット。ぜひ行ってみたいな」

「！　で、でしたら、すぐに準備いたしましょう！」

一気にテンションが上がるシャーロット。

すると、それを聞いていた他の女性陣も話に乗ってくる。

「ちょっと、何勝手に決めているのよ、シャーロット！」

「あら？　でしたらあなたは留守番なさいますか？　他のみなさんは行く気満々といった感じですけど？」

「うぐっ……」

キアラは当初反対していたが、マルティナたちが瞳を星のように輝かせている姿を見て首を縦に振る。

それをきっかけに、今までの下着選び（？）は一転して水着選びへと変わった。

「さあさあ、水着はこっちよ」

ギルド職員のジェニファーさんに案内され、水着売り場へと移動する女性陣。ここは本当に何でも売っているなぁ。

「どれにしようかしら」

「わたくしはすでに持っていますが、一応チェックしておきますわ！」

「悩みますね！」

「ドラゴンの姿で海に入ったことはありますが、水着を着て入るのは初めてです！」

「ワシはそもそも海というものを直接この目で見たことはないのぅ」

ウキウキしながら水着選びに没頭するみんなを尻目に、俺は手持ち無沙汰となっていた。男の水着なんて、悩むほどのことじゃないからな。

とりあえず、俺はクラウディアさんに島のことをいろいろと聞くことにした。

「ブラファー家の所有する島って、どんな場所なんですか？」

「島には特に名前などありません。三代前の当主様の時につくられたと聞いています」

「三代前か……結構前からあるんですね」

「ええ。それにしても、安心しました」

「？　何がですか？」

「旦那様と奥様が来られなくなったという一報を受けた時、お嬢様はもうこの世の終わりだと言わんばかりに沈んだ表情で」

「そ、そんなに落ち込んでいたのか……」

まあ、なんとなく想像はつくけど。

「無理もありません。毎年、家族がみんな揃ってあの島で過ごすのですから」

「そうだよなぁ――うん？　家族揃って？」

あれ？

ということはもしかして……。

「あっ！　ローレンスさんは！」

「？　ローレンス？　…………あぁ、ローレンス様ですね」

……今、素で忘れていなかったか？

「ご安心ください、ベイル様。ローレンス様はここよりずっと東の平原で他国の騎士団と合同演習をしている最中です。それをすっぽかして島へやってくるなどあり得ません」

「そ、そうですか……」

なんだろう……物凄いフラグの匂いがするんだがなぁ。

とはいえ、あれだけウキウキしているみんなに、今さら「行かない」とは言えないし、ここはクラウディアさんの言うことを信じるしかないか。

「それより、水着を選ばなくてもよろしいのですか？」

「俺としてはあまりこだわりがないんで、サイズの合うものならなんでもいいですよ」

女子のようにバラエティーに富んでいるわけじゃないしね。

その分、女性陣はかなり悩んでいるようだ。

「「「うーん……」」」

唸《うな》っているのはマルティナ、キアラ、シモーネの三人。

入念にチェックしているようだな。

ちなみに、シャーロットはすでに用意しているとのことだったが、みんながどんな水着を選ぶのか見たいということでクラウディアさんとともについてきており、一緒になって水着を眺めていた。

――って、あれ？　ハノンの姿がないぞ？

視線を巡らせると、すぐに見つかった。

「むぅ……」

何やら難しい顔をしているが……その目は一点に集中している。それを追ってみると、どうやら水着のようだが――

「あ、あれって……」

「おっ？　ベイルにもこの水着のよさが分かるのか？」

俺がいることに気がついたハノンは、なんとも嬉しそうに説明を始める。

「そこにも書いてあるのじゃが、この水着はある高名な魔法学園の水魔法実習で使われる指定の水着だそうじゃ」

「学園指定の水着……」

「機能美に優れた洗練されたデザイン……それに、この深いブルーという色合いが実に渋い。うむ。気に入った。ワシはこの水着を買うことにするぞ」

「機能美……」

それって……いわゆるスク水か？

この世界にそのような概念があるとは思えないが、デザインは明らかにそれだった。とんでもない偶然だな、と思ったが、そういえばゲーム【ファンタジー・ファーム・ストーリー】に登場するアイテムの中にスク水があったことを思い出す。

まさか……よりにもよってハノンがそれを選択するとは。いや、この場合、誰が選択してもダメな気はするが。

「ハノンちゃんも決まりましたか？」

「たった今、な。それがマルティナの水着か？」

「は、はい」

少し恥ずかしそうにマルティナが見せたのはワンピースタイプの水着。

「私はこれにしました」

続いてシモーネが持ってきたのはビキニタイプの水着。

……まあ、一部のサイズがメンバー中トップであるシモーネには、そっちの方が動きやすくはあるが。

「あたしはこれよ！」

最後にキアラが持ってきたのは白いフリルがついた可愛い系の水着。これもまた彼女のタイプに合っているな。

「ベイル殿は決まりましたか？」

「あぁ、俺は――」

「着用しないと？」

「いやするよ!?」

待っていましたと言わんばかりにクラウディアさんがカットイン。一瞬、一部女子は真に受けて「えっ……？」と深刻そうな表情を浮かべていたが、冗談と分かるとホッとしていた。

というわけで、水着の準備も調ったことだし――いよいよ明日から島へ向けて出発するぞ。

ダンジョンのツリーハウスへ戻ると、明日に向けて今日は早めに休むこととした。というのも、これまで訪れたどの場所よりも移動距離が長いため、かなりの時間を要することが予想されたからだ。

「明日は朝も早いから、食事を済ませて風呂に入ったらすぐに寝よう」

俺の呼びかけに、六人は揃って了解の返事をくれた。

ちなみに、シャーロットとクラウディアさんの部屋は四階に決まる。そこで隣同士の個室となったが、これはシャーロットからの提案であった。

「メイドは主《あるじ》であるわたくしのそばにいるのが第一。これは当然の判断ですわ」

と言うが、その直後、

「いえ、本当は時々私と一緒でないと眠れないという日があって――」

「それは言ってはダメなヤツですわ!?」

「えっ？　そうなんですか？」

明らかにすっとぼけているクラウディアさん。

……優秀だし、ブラファー家への忠誠心はあるんだろうけど、シャーロットに対する扱いが時々雑な気がする。

まあ、それは置いておくとして――新しい部屋も決まったわけだし、今日のところはこのまま体を休めて明日に備えるとしよう。

◇◇◇

翌朝。

初めてのバカンスに浮かれる俺たちの心をそのまま表したような青空が、地底湖の真上に空いた穴からのぞいた。

「いい天気だな。長旅にはもってこいだ」

晴れやかな空のもと、馬車でのんびりと自然を楽しみながら進むのは気持ちがいいだろうな。

目的地は大陸東部の港町。

そこはブラファー家の領地であり、所有する船もたくさんある。そのうちの一隻を借りて島へと移動する計画だ。ブラファー家と懇意にしている船乗りも多く、いつでも出航できる準備はできているらしい。

ちなみに、陸での移動手段である馬車はシャーロットが用意してくれた。今回は人も荷物も多くなるから、いつものと違って特別製なのだ。

軽く朝食を済ませると、俺たちは荷物を馬車へと詰めていく。

シャーロットとクラウディアさんについては、すでに必要な物を用意して島の別荘へ運ぶよう指示を出しているらしく、手ぶらで移動できるという。

「さあ、お乗りください」

御者を務めるクラウディアさんに促され、俺たちは馬車へと乗り込む。

五人で乗るとさすがにちょっと狭いが、こればかりはしょうがない。

こうして、俺たちは旅の準備をすべて調えると、いよいよブラファー家が所有する離島の別荘へと向けて出発した。


港町へ着いた俺たちを待っていたのは、すでに出港準備の調った帆船であった。

「ず、随分大きな船ですね」

「あちらでの生活に必要な品物も同時に運びますので」

クラウディアさんの説明を聞いて納得した。

確かに、離島の別荘ともなるとそう頻繁に行き来する場所じゃない。よく足を運んで年に二、三回といったところか。定期的に使用人が別荘の様子をチェックしに行くと言っていたが、そこで寝泊まりするわけではないので、常に食料なんかを別荘に置いておくわけにはいかないのだろう。

話では、数日前に別のメイドさんたちが前乗りして別荘の掃除やその他いろいろと準備を進めてくれているらしい。

一方、女子四人は海の広大さと美しさにすっかり魅了されていた。

「潮風が気持ちいいです！」

「天気も晴れだし、文句なしね！」

「泳いだら気持ちよさそうですぅ！」

「シモーネの巨体でも有り余るじゃろうな」

みんなテンションが高いな。

さすがにシャーロットはここへ何度も来ているから慣れていると——

「さあ！　あそこに見えるのがわたくしたちの向かう島ですわ！　あちらにはもっと美しい光景が広がっていますのよ！」

一番テンション高かったわ。

それから俺たちは荷物を船へと積み込み、いよいよ出航。

船旅はおよそ一時間だというが、それもほとんどのメンバーが初体験ということでここでも大いに盛り上がっていた。

「凄いです！　思ったよりずっと速いです！」

「いつもは空を飛んでいますから新鮮ですねぇ」

「ワシも船に乗るのは初めてじゃが、なかなか快適じゃな」

乗船の経験があるキアラ以外は船縁に集まって海を眺めている。それを見たキアラは「みんな子どもねぇ」とひとりマウントを取っていたが……明らかに交ざりたそうにしていた。素直に割って入っていけばいいものを。

ちなみに、シャーロットも似たようなリアクションをしてしまい、素直に楽しんでいるマルティナたちの輪に入り損ねていた。本当に似た者同士だな、あのふたりは。

と、その時、クラウディアさんが乗船している別のメイドさんと何やら話し込んでいる姿を目撃する。

その表情は暗く、どう考えても悪い知らせを受けているように見えた。

「あ、あの、クラウディアさん、何かあったんですか？」

「ベイル様。それが、少しおもしろ――いえ、困ったことになりまして」

あれ？

今、面白いって言いかけなかった？

「そ、それで、何があったんです？」

「どうやらローレンス様が合同演習を早めに切り上げてこちらに向かっているそうなのです」

「ローレンスさんが？」

となると……やっぱりあの手紙の内容を気にして、か。

「ご安心ください、ベイル様」

「えっ？」

「あなたとシャーロットお嬢様の甘いひと時は邪魔させぬようにしますので」

「…………」

「まあ、騎士団に入団してからずっと働き詰めで、まともに休みをもらったことのないローレンス様にとっても、幼少期以来となるこの島で過ごすひと時はよい休息になると思います」

……うん？

もしかして、最初からそれが狙いだったのか？

ご両親が来られなくなって寂しい思いをしているシャーロットを慰め、なおかつ、悪い意味で労働者の鑑《かがみ》と化しているローレンスさんを心配して――

「まあ、私としても楽しめそうなので願ったり叶ったりの状況ですか」

――いるのかどうか定かじゃないけど……まあ、悪い意味に捉えることもないか。

そうこうしているうちに、いよいよ島へと到着。

俺たちのバカンスが幕を開けた。

島へ到着すると、俺たちは早速別荘へと案内される。

メイドさんや港から一緒に乗船してきた船乗りたちが積み荷をおろしているので手伝おうとしたが、「今日はお客様ですから」と断られた。

オルランド家にいた頃はそう扱われるのが普通だったけど、みんなとツリーハウスで暮らすようになってからはいろんなことを自分でやらなくちゃいけないから、自然と体が動くようになっていたんだな。

そうした自分の変化に驚きつつも、ここはお言葉に甘えてお任せすることに。

で、その島なんだが、

「おぉ！」

上陸して改めて、その美しさに感動する。

サラッサラの砂浜に、宝石を散りばめたように輝く青い海。

おまけにブラファー家の所有する島ということで、俺たち以外には誰もいない、まさにプライベートビーチだった。

俺たちは海水浴の準備をするため、一足先に別荘へと足を運ぶこととなった。

別荘は船着き場から歩いて五分ほどの場所にある。

数日前から使用人の方々が前乗りして掃除などを行っていたというだけあって、本宅となんら変わらない。

中へ入ると、早速それぞれの部屋を教えてもらったのだが、

「あれ？　俺の部屋は？」

なぜかクラウディアさんからは俺の部屋だけ告げられず。

「その必要はないかと思いまして」

「えっ？　どういうこと？」

「ベイル様はシャーロット様と同じ部屋でよろしいのでは？」

「「!?」」

これにはシャーロット自身も驚いていた。どうやら、事前に聞かされていなかったようで、完全な不意打ちらしい。

だが、当然この提案に異を唱える者が続出。

まずはキアラが猛抗議をし、それにおずおずとマルティナやシモーネが続いていく。ハノンはどっちつかずという反応だったが、キアラに何やら耳打ちされたことで最終的には「やはり看過はできないな」と反対派に回った。

「わ、わたくしとしても、それはいささか問題ありというか早計というか」

やんわりとだが、シャーロットも反対派に回ったことで、クラウディアさんも「ではまた次の機会に」と撤回してくれた――が、次の機会って……。

まあ、それはそれとして、せっかく海へ来たのだ。

すぐに水着に着替えて派手に遊ぶとしよう。

――と、思ったのだが、女性陣の支度が思いのほか長引いている。

男女で所要時間に違いがあるというのは理解していたが……さすがにちょっと長すぎやしないか？

状況を確認したクラウディアさんからの提案で、俺は一足先にビーチへと行き、パラソルを立てたり荷物を運んだりすることにした。

「それにしても、本当に綺麗な海ですね」

「大陸側はリゾート地にもなっていますからね。この地方の自慢ですよ」

確かに、これだけ綺麗な海なら、十分売りになるな。

しばらくふたりで海を眺めながら待っていると、背後からみんなの声がした。

どうやら、支度を終えてこちらへと移動してきたらしい。

待たされすぎたので「遅いぞ」と文句のひとつでも言おうと振り返った――が、目の前に広がる光景に息を呑《の》み、何を言おうとしていたのかさえその瞬間に吹き飛んでしまったのだった。

「お待たせしました～」

先頭を切って走ってくるマルティナが、手を振りながら言う。――けど、その言葉は俺に届いていなかった。厳密に言うと、それどころではないのだ。

現れた五人の少女。

見慣れている顔ぶれだけど、水着を身にまとっただけでこうも違った印象を与えるとは……なんだか、魔力めいたものを感じる。

「ベイル様」

「！　な、何っ!?」

突然、クラウディアさんに声をかけられた。

「ここは第一印象が肝心です。みなさんがこちらに着いたら、とりあえず褒めまくってください」

「えっ？　褒めまくる？」

「どんな些《さ》細《さい》なことでも構いません。シンプルな言葉でいいんです。余裕があれば、何かひと言添えていただけるとベストです」

「あ、あの」

「さあ、早く」

……なんか、死に際の修羅場みたいなやりとりになっちゃったけど――確かに、こういう場面では女性を褒めるべきだ。みんな、あれだけ悩み抜いて買った水着なわけだし。

「マルティナ」

「はい？」

「水着、よく似合っているよ。うん。可愛い」

「かわっ!?」

俺の言葉を受けたマルティナは一瞬にして顔を真っ赤にし、フリーズ。それが正解なのかどうか、俺には判断しかねるところだが、近くにいたクラウディアさんからは「お見事です」という言葉をいただいたので、たぶん合っていたのだろう。

正直なところ、女性を褒めるという行為に慣れていないため、ほとんど手探り状態であったが

――

「ま、まあ、ベイルにしては上出来ね」

「あ、ありがとうございますぅ……」

「と、当然の評価ですわね」

「……まあ、悪い気はせんな」

この反応……失敗だったか!?

「いえ、大成功です。これ以上ない戦果です。正直、ここまでやれるとは想定外でした。あなたは将来とんでもない女性泣かせの農夫となるでしょう」

「どういうこと!?」

言っている意味はよく分からないが……褒め言葉として受け取っておこう。

パラソルを設置し終えた俺たちは、それから海を満喫した。

シモーネは途中からドラゴン形態となって海原へと繰り出していき、俺たちは浅瀬で泳いだり水をかけ合ったりと遊び倒す。

お世話係のクラウディアさんは、メイド服のまま俺たちが遊んでいる様子を遠くから眺めていた。

一度、水着に着替えて遊ばないのかと尋ねたら、

「なるほど……私のような年上も攻撃範囲に含まれるのですね」

と、言われてはぐらかされる。

ただ、

「私は……シャーロット様が楽しそうにしているのを見ているだけで十分なのです」

そう語った瞳は、とても優しげだった。

きっと、偽りのない本心だからだろう。

そして、それは他の使用人たちも同じ気持ちのようで、積み荷をおろしているメイドさんや船乗りたちも、穏やかな目つきでシャーロットを見つめていた。

愛されているんだな、シャーロットは。

そういえば、兄であるローレンスさんにも溺愛《できあい》されて――

「っ!?」

「？　どうしましたか、ベイル様」

「いや、その……なんか今、猛烈な悪寒が……」

「悪寒？」

そう。

何か、とんでもないものが迫りつつあるような予感がする。

気のせいだといいんだけど……。

そんな気持ちを紛らわせるため、海を遊び尽くした。

自由気ままに、深く考えることなく、思いついたことはすべて実行した。

たまに、

「海といえばスイカ割りだが、この世界にスイカは……確かあったはず。今年は無理そうだから来年か。そういえば、季節的に次は秋だな。ダンジョンに戻ったら新しい野菜を育てる計画を――」

こうした、仕事の内容が脳裏をよぎることもあったが、すぐに水着姿ではしゃぐみんなが視界に入って、「浮かれなければ！」と我に返る。

せっかくの機会だしな。

仕事を円滑に進めるためにはメリハリが大事っていうのもあるし。

みんなの水着姿をこの目に焼きつけておかなくては！

考えを改めた俺は、みんなと一緒に夕暮れまで海での遊びを満喫したのだった。


辺りが暗くなり始める頃には、すでにメイドさんや船乗りたちの姿はなかった。

船は明日のお昼頃にまたこの島へやってくるそうなので、それまではここでゆっくりしていこう。

「楽しかったわね！」

「はい！」

「満喫できました～」

「海も悪くないのぅ」

「ふふーん！　そうでしょう？　わたくしに感謝しなさい！」

どうやら、みんなも存分に楽しめたようで、とても晴れやかな表情をしている。日常とは違った時間を過ごしたことで、いいリラックス効果があったようだな。

「それでは、夕食までにお風呂に入ってはいかがでしょう？」

「「「「賛成！」」」」

クラウディアさんからの提案で、女子五人は浴室へと向かった。

俺も入ろうと思い、みんなのあとをついていったのだが――ここでひとつ問題が。

「あっ、すみません。ここは浴室が男女で分かれていませんので」

「そ、そうなんですか」

「はい。ですので、皆さんご一緒に入られては？」

全員の顔が強張《こわば》る。

……さすがにその提案は呑めないな。

「あの、クラウディアさん……さすがにそれはちょっと……」

「ただのメイドジョークですよ」

……本当か？

割と本気の目をしていたぞ？

――まあ、ともかく、お風呂に関しては女子五人に入ってもらって、俺はあとからにしよう。

「残り湯は飲み干さないでくださいね。せっかくの夕食が台無しになってしまいますから」

「飲まないよ!?」

「メイドジョークです」

もはやどこまで本気か分からないな。

とりあえず、俺は用意された部屋へと戻って、みんなが風呂から上がるまでの間、今後の活動について考えることにした。……結局、こういう場に来ても仕事のことはなかなか頭から離れないよなぁ。

ただ、これは楽しいと思える仕事だ。それだけで、心持ちは天と地ほども違う。ありがたい話だよ。


――で、考え始めてから約一時間後。

「ベイル様、お風呂の用意ができました」

わざわざクラウディアさんが俺を呼びに来てくれた。

「ありがとうございます」

俺はそう返事をすると、着替えを手にして浴室へと向かう。

シャーロットの話では景色のいい自慢の風呂らしいから、とても楽しみだ。

脱衣所でササッと服を脱ぎ、早速ブラファー家自慢の風呂へ。

――と、その時、

「あれ？」

立ち込める湯気の向こうに、うっすら人のシルエットが見える。

ま、まさか……まだ誰か入っていたのか!?

もしや仕組まれた罠!?

風呂場で鉢合わせなんて、メイドジョークじゃ済まされないぞ!?

すぐに飛びだせばいいのだが、さまざまな思考が俺の動きを鈍らせていた。

やがて湯気が晴れていき、その先にいたのは――

「待っていたぞ、ベイル・オルランド」

全裸で仁王立ちしているローレンスさんだった。

「…………」

しばらく見つめ合った後、

「すみません。間違えました」

俺はそう言って再び脱衣所へ。

……時間が欲しかった。

頭を整理する時間だ。

なぜ、遠征中のローレンスさんが先回りして風呂に入っているのか。女子が風呂から上がるまでどこかで待機していたのか？　そもそも目的は何だろうか。

――って、この人が俺絡みで動く案件といえば……シャーロットのことしかない。

「家からの手紙によれば……俺がいない間にシャーロットと随分派手なことをしているようじゃないか」

「し、してないですよ！」

一体手紙になんて書いてあったんだ!?

「……本来ならば斬り捨ててしまいところだが……あまり無茶をやってまた会話禁止令を発令されたらたまらんからな。――今度は命を落とすかもしれん」

前に一度やらかしているのか……。

「というわけで、今回は監視業務に従事することとする」

「えっ？　監視？」

「もちろん、貴様とシャーロットの監視だ。まあ、貴様がその他大勢の女子と仲良くする分にはいいが……」

シャーロットへの愛が凄まじいな……俺は兄妹《きょうだい》がいないから、その情熱の出所についてはよく分からないけど、とにかく妹を守ろうとする兄の気持ちは伝わってくる。

「き、肝に銘じておきます」

「それでいい。――さて、ここからは内容が逸《そ》れるのだが……」

「はい？」

「ダンジョンで農場をやっていると言ったな？」

　まさかの話題だった。

「え、えぇ、やっていますけど……何かありましたか？」

「いや、実は先日、騎士団の人間が君のところの野菜を食べたそうだ」

「うちの野菜を？」

「あぁ……それで、味もいいし、魔力や疲労も回復するという話を聞いて、うちの騎士団長が興味を持ってな」

「レジナルド騎士団長が……」

　俺を特務騎士に任命したレジナルド騎士団長が興味を持った――ということは、

「その野菜を騎士団の食堂へ提供してもらえないだろうかと言っている」

「騎士団の食堂へ、ですか？」

「ああ。ライマル商会にはすでに話を通してある。本当は遠征から戻った後で君のもとを訪ねる予定だったが……思わぬ理由で早めの再会となったのでな。監視のついでに聞いておこうと思ったのだ」

　むしろ監視をついでにした方がよさそうなんだけど……ただ、グレゴリーさんにも話は通してあるというなら、断る理由はない。

　俺としても、作った野菜が国を守る使命に燃える騎士たちの力になるなら嬉しいし。

「分かりました。お引き受けします」

「…………」

「？　ど、どうかしました？」

なんだかビックリしたような表情で俺を見るローレンスさん。

「いや、意外とあっさり決めるのだな、と思って」

「命を懸けて国を守ろうとしているあなた方の力になれるなら、俺としても喜ばしいことです」

「そうか……」

ローレンスさんはそれから「まあ、湯船に入れ」と手招きをし、ふたりで絶景を楽しみながら疲れを癒した。

……少しは仲良くなれそうかな？


緊張感あふれる風呂から上がると、お楽しみのディナータイムが始まる。

実は、俺たちが海で遊んでいた時、船乗りたちが協力して海の幸を手に入れてくれたとクラウディアさんから教えられた。

ブラファー家の令嬢であるシャーロットのためだけでなく、俺たち客人をもてなすためでもあるという……ありがたい限りだ。

海の男たちが獲《と》ってくれた海の幸。

それをブラファー家のメイドさんたちが腕によりをかけて調理し、最高の料理となって俺たちの前にあるテーブルの上に並んでいた。

「凄いな！」

「本当！」

「どれから手をつけるか迷っちゃいますね！」

「こういう料理は初めて食べるな」

「私はドラゴンの姿だとほとんど丸飲みにしてしまうので新鮮です！」

ダンジョン農場には大きな地底湖があるため、そこで釣りをして魚をゲットし、マルティナが調理してくれるのでまったく食べないわけじゃない。

しかし、やはり海の魚は違う。

それに加え、今回は貝やらイカやらの海産物まで揃っている。

今までに味わったことのない、海の味が楽しめるのだ。

「ふふーん！　これこそがブラファー家自慢の海鮮料理ですわ！」

「その通り。それにしても、相変わらずうまそうな料理を作るな、うちのメイドたちは」

「優秀ですから！」

「やはり年に一度はこれを食べなければな」

「まったくですわ！　――ところで」

「うん？　どうした、シャーロット」

「どうしてお兄様がここにいるんですの!?」

ここでようやくシャーロットがローレンスさんの存在に気づいた。

――いや、本当はとっくに把握していたのだろうけど、本能がそれを認めなかったって感じだ。

「まさかとは思いますが……騎士団の遠征をすっぽかして来たのでは……」

「それはない。きちんと許可は取ってきた。可及的速やかに解決しなければならない重大な案件が発生したため、急遽《きゅうきょ》実家へ戻ると――」

「大袈裟《おおげさ》すぎですわ！」

その言い方は確かに誤解を生みそうだ。

というか、風呂場で全裸待機していたからなぁ……今にして思えば、全裸になる意味あったのか？

……って、話が逸れた。

「まったく……今日は新しい仲間のみなさんと楽しもうと思っていたのに……」

「そう言うな。おまえに友だちができるのは兄として喜ばしいこと。――だが、ブラファー家の名を欲して近づいてきた輩《やから》がいたのは覚えているだろう？」

「…………」

シャーロットは黙ってしまった。

近くにいたクラウディアさんがローレンスさんの後頭部へさりげなく肘打ちしていたところを見ると、あまり触れてほしくない話題だったようだ。

だが……なんとなく想像はつくな。ローレンスさんが過保護気味なのは、それが原因かもしれない。この微妙な話題に、同じ学園に通うキアラが割って入った。

「少なくとも、あたしたちは誰もブラファー家の名前に興味はないわ。——あなたと一緒に遊びたいとか、そういうことは思うかもだけど」

「キアラさん……」

不器用なキアラらしい言葉だった。

しかし、その想いは俺たち全員の抱いているものと一致している。

俺もマルティナもハノンもシモーネも、まったく同じ気持ちだ。

「……さあ、冷めないうちに食べますわよ！」

恥ずかしさと嬉しさで感情がごちゃ混ぜになっているシャーロットは、顔を見られないように俺たちへ背を向け、料理に手をつけた。

「俺たちもいただこうか」

先陣を切って俺が言うと、みんなもそれに続く。

ブラファー家のメイドさんたちが腕によりをかけて作ったという新鮮な海の幸を使った料理の

数々。海とは縁遠いダンジョンという場所で暮らす俺たちにとって、食べ慣れないものばかりであったが、その味はまさに一級品だった。

「おいひぃ～」

「ホントでふ～」

キアラとシモーネは満面の笑みを浮かべながら凄いペースで料理を頬張っている。それを「やれやれ」という感じで見守りながら食事を続けるハノン。

一方、マルティナは料理を楽しみつつもメイドさんたちに調理方法を聞いていた。

「なんと！　そのような味付け方法があったなんて！」

こっちはこっちで満喫しているようだ。

「いかがです？　ブラファー家自慢の料理は」

「とてもおいしいよ、シャーロット」

「それはよかったですわ」

シャーロットもまた嬉しそうに言った。

こっそりクラウディアさんが教えてくれた情報によると、自分自身はメイドさんたちの作った料理をとてもおいしいと思えるが、俺たちもそれを気に入るかどうかとても心配していたそうだ。

「まあ、当然の評価だな。うちのメイドたちは何を作らせても一級品の味が出せるよう鍛えられている」

すっかり居着いているローレンスさんも満足げだった。

食事を楽しんだ後はティータイムへ突入。

おいしいお茶を飲みながら、なんでもない世間話に花を咲かせる。その中では、ローレンスさんから依頼された騎士団食堂への野菜の提供についても話した。

リラックスできる場に仕事の話を持ち込むのは少しはばかられたが、せっかく依頼人がこの場にいるんだし、何か疑問があれば答えてくれるだろうと判断して話をしたのだ。

みんなの反応は「やりましょう」という肯定的な意見ばかり。ここまでは俺の想定通りだったのだが、意外なひと言を放ったのはマルティナだった。

「確かに、ダンジョン農場で育った野菜はいい影響を与えるものばかりですが、適切な方法で調理をしないと効果を十分に発揮できないものもあるんです。騎士団の食堂にはその知識を持った方はいますか？」

その言葉を聞いて、俺はハッとなる。

サンダー・パプリカやフレイム・トマト辺りは比較的簡単なのだが、それ以外の野菜にはマルティナの指摘した通り、少し厄介な下処理をしなければならないものもある。

マルティナの父親で、貴族であるタバーレス家の厨房を預かるヒューゴさんはその扱いに長《た》けていた。娘であるマルティナも、父親のヒューゴさんからそのノウハウを伝授してもらっている。

それに匹敵する料理人はいるのかという質問に対し、

「…………」

ローレンスさんから返ってきた答えは「沈黙」であった。

ただ、その何も語らないという反応は、ある意味、置かれている状況を雄弁に物語っていると言える。

「……騎士団の食堂だが、正直に言うとあまり評判がよくないんだ」

やがて、ため息とともにローレンスさんは現状を語った。

「君たちの育てている野菜が各所で好評だということはライマル商会のグレゴリーから聞いて知っている。だから、その野菜があれば、少しはマシになるのではないかと思っていたのだが……」

思わぬ課題が見つかり、頭を抱えるローレンスさん。そこで、マルティナがある提案を持ちかけた。

「野菜を届けた時に私が教えますよ」

「えっ？　い、いや、しかし――」

「問題ありません。ね？　ベイル殿？」

ニコッと微笑みながら尋ねてくるマルティナ。

そんな輝く笑顔を向けられたら、こう言わざるを得ない。

「もちろんだよ」

こうして、騎士団へ野菜を届けると同時に、料理指南もすることとなった俺たちであった。

……やれやれ。

あれだけ仕事のことは忘れて楽しもうと決めていたバカンスで、次なる依頼をいただくとは。

しかも、それが騎士団食堂の料理改善という大役。

内容的に、中心となるのはマルティナかな。

「騎士団食堂ですか……そこが新しい戦いの場ですね！」

彼女は早速ヤル気を見せ、瞳に焔《ほのお》を宿している。

俺もそれに負けないようにしなければと気を引き締める。

それから、シャーロットが楽しそうにうちの女子メンバーと話している姿を見たローレンスさんは、彼女がツリーハウスに住むことを改めて認めた。

「学園は何かと気苦労が多いようだからな」

そう言い残して、俺たちよりも一足早く大陸へと戻っていったローレンスさん。

きっと、妹のことがずっと気がかりだったのだろう。

しかし、こればかりは将来を期待される有能なローレンスさんであっても、解決は難しい。

ただ、俺たちと一緒にいることで、昔のような明るさを取り戻したようだと語っていた。

その際、ローレンスさんと目が合った。口にはしないが、何かを訴えかけるような眼差《まなざ》し……それはきっと、俺との婚約破棄について、思うところがあったがゆえの視線だろう。

あの頃はまだ幼くて、俺は事情を把握しきれていたわけじゃない。

けど、今は違う。

家を出て、みんなと暮らすようになってから、俺はいろいろと変われたと思うんだ。

だから、今度はきっと大丈夫。

みんなもいてくれるし、シャーロットも悲しい思いをしなくて済む。

ローレンスさんもその可能性を見出《みいだ》したから、俺たちと一緒に暮らすことを許してくれたのだ。


再び船に乗り、大陸へと戻ってきた俺たち。

港町ではすでに馬車が待機していて、今日中にはダンジョンへ戻れる手筈《てはず》となっている。

「バカンスは文句なく楽しかったけど、家に帰ったら帰ったで妙に落ち着けていい感じなのよねえ」

「その気持ちは分かりますわ」

馬車へ乗り込むと、早速キアラとシャーロットは思い出に浸っていた。

なんていうか、旅行あるあるだよなぁ。

ハノンとシモーネのふたりも思い出話に花を咲かせているし、みんなにとっていい思い出になったようで何よりだ。

――ただひとり、深刻な面持ちで考え込んでいる子がいるけど。

「…………」

それはマルティナだった。

ローレンスさんから直々《じきじき》に騎士団食堂の改善を指南するという大役を任されている——が、あの場では割と自信があるように映った。しかし、時間が経っていろいろと考えているうちに不安な面が大きくなってきたようだ。

「大丈夫か、マルティナ」

「！　は、はい！　へっちゃらですよ！」

いつもの笑顔を見せてくれたが……心なしか少し影があるような気がしてならない。これは一度、あの人のもとを訪ねてみた方がいいかもしれないな。

「なあ、マルティナ」

「ひゃい!?」

驚きすぎだって。

こりゃ思っていたよりも重症だな。

「例の騎士団食堂の件だけど……一度みんなで現場を見た後で、あの人に相談してみないか？」

「あの人……ですか？」

「そう。——君のお父さんだよ」

マルティナの父親であるヒューゴさんは、現在、貴族であるタバーレス家のお抱えシェフとして働いており、国内でも屈指の実力者として名高い。

そんな父親のもとで小さな頃から修業していたマルティナ——きっと、父親であるヒューゴさんなら、いいアドバイスをくれるはずだ。

「……そうですね。相談してみます」

「なら、早速明日にでも行くとしようか」

「はい！」

こうして、バカンスから戻ってきたばかりではあるが、次の目的がハッキリと定まったのであった。

第三章　騎士団の食堂事情

いよいよ騎士団の食事事情を改善するため、俺たちは王都へと向かうことになった。

馬車の荷台には、収穫したばかりの野菜がぎっしりと詰められている。当然ながら、野菜だけというわけにはいかないが、野菜以外は向こうの貯蔵庫にある物を自由に使っていいというお達しがレジナルド騎士団長名義で届いていた。

どうやら、本来はレジナルド騎士団長が直々《じきじき》に出向いて依頼する予定だったらしいが、ローレンスさんたっての願いにより交代したという。

学園で会った時は泣く泣く仕事を優先したため、俺とあまり話せなかったということで引き受けたのだろうか。

その際の会話は、久しぶりに再会した時より好感触だったのだが……実際のところは分からないけど。

ともかく一応、向こうで使える食材についてはリストアップした物をもらっていて、マルティナはそれも考慮してさまざまなメニューを考案していた。

「マルティナが作るんだからきっと好評に決まっているわ！」

「だといいんですけど……」

普段からマルティナの手料理を食べている俺たちは、それを確信している。

きっと、騎士たちの胃袋をガッチリ摑《つか》めるだろう。

――ただ、本人はそう思っていないようだ。

思えば、マルティナが俺たち以外に料理を振る舞うというケースは稀《まれ》だ。以前、ドリーセンの町で行われた朝市で訪れた人々に料理を出したことはあったが、今回の騎士団のケースとは少し状況が異なる。

恐らく、それはマルティナ本人が一番よく分かっているのだろう。

緊張しているが、裏を返せば、自分の腕に慢心をしていないとも捉えられる。

あとは、自然体のまま調理することができれば……。


俺たちがまず訪れたのは、騎士団の詰め所。

現在はいつも行われる鍛錬や、王都の見回り、さらに遠征をしている者たちもいるため、閑散としていた。指定されたところへ馬車をとめると、そこに三人の騎士たちが現れる。

「君たちがダンジョン農場から来たという者たちかな？」

「はい。今日はよろしくお願いします」

以前、俺はレジナルド騎士団長から特務騎士に任命されている。恐らく、それは他の騎士たちにも伝えられているのだろう。前に来た時よりも、騎士たちの対応が柔らかかった。

俺たちが案内されたのは詰め所に備えつけられたキッチン。

「「うわぁ……」」

そこを目にしたキアラとシャーロットは思わず表情を引きつらせる。

ハノンとシモーネは黙って目を逸《そ》らした。

「こいつは……」

そこから先については、口にすることがはばかられた。忖度《そんたく》なしで、ストレートに言ってしまえば――めちゃくちゃ汚い。清掃担当者はキッチンの手入れをしてないのか？　これでは味とか以前に衛生的に問題がありそうだ。

「清掃担当者は今どこに？」

「実は、数ヶ月前に清掃担当の者が辞めてしまってから代わりが見つからなくて……手の空いている者にやらせようとしたのだが、うまくいかなくてね」

「なるほど」

「まあ、それを抜きにしても……」

案内役を務めてくれた騎士は、苦い顔をしながら言う。

確かに……怪我《けが》を抜きにしても、この汚れようはいただけない。

それに比べると、マルティナのお父さんでタバーレス家の食卓を預かるヒューゴさんがいる厨房はとても綺麗だった。貴族の屋敷という点を抜きにしても、雲泥の差だ。

「まずはここを掃除しないと」

「そうですね。このままでは調理できませんし」

「よぉし！　手分けしてパパッと片付けるわよ！」

「はい！」

「仕方ないのぅ」

「やってやりますわ！」

こうなったら、全員で取りかかり、さっさと終えてしまおう。

しかし、これはなぁ……騎士団食堂の料理改善——を始める前に、俺たちはまず、その改善において食材に匹敵するくらい大事なキッチンの掃除と整理から始めることにした。

国を守る騎士たちの胃袋を預かる場所のはずだが、どうにもお粗末というかなんというか……もうちょっとくらい普段から整理整頓できないものか。

ただでさえ、衛生管理が大切な食材を扱う場所なのだから、徹底しておくべきだと思う。その点、ヒューゴさんの厨房は完璧だったな。

とにかく、手分けしてキッチンの掃除と整理から始めた俺たち。

するとそこへ、

「こらぁ！　勝手に何をやっとる！」

怒号が響いた。

びっくりして振り返ると、そこにはグレゴリーさんにも負けないムキムキの大男が。人相の悪さから見て山賊かな？　――と、思っていたが、

「落ち着いてくださいよ、チェスターさん！」

「えぇい！　放せぇ！　俺はここの料理長だぞ！　その俺に断りもなく何をしているんだ！」

俺たちをここまで案内してくれた騎士たちに止められるその人は、どうやら騎士団食堂の現料理長らしい。

……まあ、見た目からして「細かいことは気にするな！」ってタイプだし、キッチンがここまで荒れた状態なのは彼の性格から来ているのだろう。

「彼女たちは料理の指南役として招待されたんです！」

「料理の指南だとぉ!?」

騎士の言葉を聞いたチェスターさんの鋭い眼光がこちらへと向けられる。これだけキッチンを荒らしているとはいえ、そこは料理人。俺たち六人の中から、料理経験者がマルティナであることを見抜くと、ゆっくり近づいていく。

「あんたみたいなお嬢ちゃんが、俺に料理を教えるっていうのか？」

「そのように頼まれました」

厳《いか》つい顔ですごまれても、マルティナは一歩も引かない。こと料理に関しては、譲れないものがあるのだろう。

幼い頃から一流料理人である父ヒューゴさんのもとで修業している彼女にとって、キッチンの惨状はよほど見過ごせなかったらしく、その口調には珍しく怒気が感じられた。

「ねぇ、ちょっと」

そんなことを考えていると、キアラが耳打ちをしてくる。

「もしかしてマルティナ……怒ってる？」

「やっぱりキアラもそう思うか？」

「なんていうか……いつもと口調は一緒なんだけど、なんだかちょっとそんな感じがするのよ」

「ワシもそう思う」

「わ、私も同感ですぅ」

「わたくしもそう感じておりましたわ」

ハノンやシモーネだけでなく、まだ付き合いの浅いシャーロットでさえそう思うのだからよっぽどなのだろう。

うまく言葉にできないようだが、気持ちは十分に伝わった。

他のみんなも心配しながら状況を見守っている中、チェスターさんをなだめていた騎士のひとりが決定的な言葉を口にする。

「これはレジナルド騎士団長の命令でもあります！」

「うぐっ!?」

さすがに、騎士団長の名前を出されては何も言い返せないか——と、思っていたが、それでもチエスターさんは納得いかない様子で、

「ならば……この俺と料理対決をしろ！」

マルティナを指さしながら、そう宣言した。

「いくらレジナルド騎士団長の言葉でもここだけは譲れんのだ！」

す、凄い情熱だな。

キッチンの様子を見るに、いろいろと足りない面はあるものの、料理にかける熱意というのは本物のようだ。

だからこそ、マルティナの持つ確かな技術と知識を身につけることができればきっと生まれ変われるはず。その実力を見せつけるためにも、直接対決した方がすんなり受け入れられそうだ。

「分かりました。受けて立ちます」

挑まれたマルティナも同じことを考えていたようで、強い眼差《まなざ》しを向けつつ真っ向から受け止めた。

こうして、思わぬ形で騎士団食堂の未来をかけた料理対決が始まったのだった。

「なるほど……そうなってしまったか」

今回の料理対決について耳に入れておかなくてはならないと思い、レジナルド騎士団長へ報告をする。

最初は厳重注意をすると言ってくれたが、マルティナはあえてその申し出を断った。

「彼の料理に対する熱意自体は本物です。ただ、やり方を間違えているだけだと私は思います」

「ほぉ」

あのレジナルド騎士団長を前に気後れすることなく、堂々と言い放ったマルティナ。その姿勢に感心したレジナルド騎士団長はさらに詳しい話を求めた。

「君の目から見て、チェスター料理長は伸び代がある、と？」

「はい」

またしても言い切った。

「はははっ！　それは面白い！　君がそこまで言うなら、今回の勝負の件は任せようじゃないか」

マルティナの自信あふれる態度に何かを感じ取ったレジナルド騎士団長は、前言を撤回して料理対決を支持してくれた。

さて、こうなるといよいよ負けられなくなってきた。

まあ、あのキッチンの惨状と、ローレンスさんが頭を抱えている実力から察するに、万が一にもマルティナが負けるなどとは想像できない――が、あくまでも彼女が見据えているのは勝利の先にある騎士団食堂の未来だ。

国の未来を担う若き騎士たちの胃袋を満たすため、俺たちダンジョン農場の面々と料理人マルティナの戦いはここから幕を開ける。

◇◇◇

次の日。

料理対決の日は今日から一週間後に決まった。

その対策を練るため、俺たちはグレゴリーさんにお願いしてタバーレス家への野菜の配達を任せてもらうことに。

理由はもちろんただひとつ。

タバーレス家の厨房を預かる料理長のヒューゴさん――つまり、マルティナのお父さんに会うためだ。

「意外と早い再会になったな」

「はい！」

マルティナにとっては父親であり、料理を教えてくれた師でもある。

料理人としての道を逸れて冒険者を目指し、父のもとを離れたマルティナ。

当初、ヒューゴさんは自分よりもマルティナの方が料理人として才能があると考え、英才教育をしてきたため、冒険者を目指すと言いだしたことで親子の間に溝ができていた。

しかし、それも過去のこと。

今はもうしっかり和解できている。

今回は野菜の配達をしつつ、そんなヒューゴさんに騎士団食堂の料理としてどのようなものが相応《ふさわ》しいのか、アドバイスしてもらいたいという目的もあった。

「マルティナお嬢様！」

「おかえりなさい、マルティナお嬢様！」

到着早々、使用人や庭師や料理人——屋敷にいる人々は、マルティナを見かけるたびに話しかけてきた。それに対し、マルティナ自身は笑顔で挨拶と軽い世間話をしている。まあ、言ってみれば、ここはマルティナの実家みたいなものだしな。ここで働いている人たちは、家族も同然なのだ。

おまけに、今回は名家であるブラファー家のご令嬢シャーロットも一緒にいる。さらに信頼度は増しただろう。……まあ、マルティナひとりいればそれだけでも十分なのだろうけど。

ちなみに、クラウディアさんはダンジョンに残り、ウッドマンたちを率いて部屋の掃除などの家事を担当してもらっている。

これにはシャーロットの強い意向が反映されている。

話を聞く限り、シャーロットはあくまでも自分の家と関係のない者たちだけで行動したいという気持ちが強いらしい。

専属メイドであるクラウディアさんがそばを離れるのは本来あってはならないことであるが……本人があそこまで主張しているし、将来的なことを見据えて同年代である俺たちと行動を共にする機会を増やそうとしたらしい。

仮に何か事件に巻き込まれるようなことがあっても、俺たちが危険な目に遭わせない。竜樹《りゅうじゅ》の剣《けん》でも多少は戦えるし、魔法の専門家のキアラや、何より水竜シモーネがいるのだから。

そういう経緯もあって、ひとり人数の減ったメンツではあるが、きっちりと仕事はこなしていく。

キアラたちが野菜をメイドさんたちに渡している間、俺とマルティナはヒューゴさんのもとを訪れた。

「お父さん！」

「マ、マルティナ!?」

父ヒューゴさんの姿を発見し、嬉しそうに駆け寄るマルティナ。一方、ヒューゴさんの方は突然の来訪に驚きを隠せない様子。

「君たちまで……ど、どうしたんだ？」

「今日はヒューゴさんにお話ししたいことがあって」

「お話ししたいこと……？」

　抱き合って久しぶりの再会を喜んでいるヒューゴさんに俺がそう告げると、突然、襟を正して「コホン」と咳払いをする。

　……なんで急にそんなにかしこまったんだ？

「そ、それで、わざわざ直接会いに来なければならないほどの話というのは？」

「実は、騎士団の食堂で出すメニューを頼まれて……どんなものがいいか、お父さんに相談しに来たんです」

「……何？」

　ヒューゴさんは何度か俺とマルティナを交互に見てから、

「ま、まあ、それはそうか。いくらなんでもそういう話はまだ早いよな、うん」

「はい？」

「いや、こちらの話だ」

　そんなことを呟《つぶや》いてから、もう一度咳払いをし、

「分かった。話を聞こう」

　厨房から離れて相談に乗ってくれることとなった。

屋敷の応接室を借りて、ヒューゴさんにローレンスさんから依頼された騎士団食堂の件について話をする。

「ふぅむ……確かに、騎士団の食堂で振る舞われる料理がイマイチであると噂で聞いたことはあるが、まさかマルティナに依頼をしてくるとは」

ヒューゴさんは大きく息を吐きながら告げる。

やはり、そういう噂は前々からあったのか。

「料理長を務めるチェスターという男とは数回顔を合わせた程度だが……マルティナの言う通り、料理に対する情熱は生半可なものではなかった――が、いかんせん、料理人として基本的なことができていないというか……」

ヒューゴさんはだいぶオブラートに包んで話しているけど、実際、一流と呼ばれる者の目から見ると問題点は多々あるようだった。

とはいえ、騎士団としてもタバーレス家のお抱えシェフを務めるレベルのシェフに騎士団食堂を任せるのは気が引けるのだろう。予算の都合もあるだろうし。

「それにしても、ローレンス・ブラファー……なるほど。直接顔を合わせたことはないが、さすがは次期騎士団長と目されるだけの男だ。マルティナに食堂改善を依頼するとは、見る目があるじゃないか」

「重度のシスコンですけどね」――とは口が裂けても言えなかった。

ただ、ヒューゴさんの口ぶりだと、マルティナならば騎士団の食堂を改善できると確信しているようだ。

これに関しては俺たちもまったくの同意見だ。

マルティナの手料理は毎日口にしている。

だからこそ、俺たちはみんなきっとうまくいくと思っていた。

しかし、それはあくまでも素人目線での意見。

問題は勝敗の先にある、騎士団食堂の新メニューが受け入れられるかという点だった。

——そんな疑問を、ヒューゴさんは一蹴する。

「心配無用。不安に感じることはない。マルティナならばきっとやってくれる」

自信たっぷりといった感じのヒューゴさん。

王国でも屈指の名料理人と呼ばれた彼が、幼い頃からその技術や知識を惜しみなく注ぎ込んで育てたマルティナならば、きっと騎士団の食堂をよい方向へ導けると信じているのだろう。

そんな彼の言葉で、俺たちも吹っ切れた。

「マルティナ。おまえは冒険者でありながら料理人としても上を目指している——そうだったな？」

「は、はい」

「だったら、その仕事をまっとうしてみるんだ。これまで培ったすべてをぶつけてこい」

「分かりました！」

マルティナの瞳に宿っていた炎が、さらにその勢いを増す。

「よぉし！　やってみせろぉ、マルティナ！」

「任せてください！」

このふたり……似た者親子だな。

とりあえず、エールをもらえたことはよかったが――俺たちが求めているのはもうちょっと具体的な対策案だ。

燃え上がるふたりにそう伝えると、

「そうだったな」

「そうでしたね」

ふたりはすぐに冷静さを取り戻す。本当に息ピッタリだな。

気を取り直して、騎士団食堂の改善についていくつかの具体案を出してもらった。

「注意すべき点は……彼らの職務内容についてだ」

「職務内容？」

「騎士団は戦うことが主な仕事だ。争いごとがなくても、毎日過酷な鍛錬に明け暮れている。一日の仕事が終わる頃にはみんな腹ペコになる」

「となると……かなりの量が必要になりますね」

「そこが最大の課題なんだ。どうも、チェスター料理長はその辺りを見誤っている節が見受けられる。彼が若い頃と今の若者たちとではいろいろと環境が違い、食への意識も変化しているからな」

なるほど。

確かに、チェスターさんが若手騎士だったのって、今から三十年くらい前の話だからな。その頃に比べたら、国の食文化にも変化が起きていて不思議じゃない。

ただ単に栄養バランスや能力アップを目指すだけの料理ならば受け入れられないだろう。体が資本である彼らにとって、食べることは仕事の一環だ。それをいかにスムーズに、かつ満足して行えるか……課題は尽きないな。

「そこまで言えば、大体察せられるだろうが……料理人の腕だけでどうにかなるレベルではない。――ベイルくん」

「は、はい!?」

いきなり名前を呼ばれ、思わず体が強張《こわば》る。

「私がマルティナの成功を信じて疑わないのは――君がいるからだよ」

「お、俺ですか？」

俺がマルティナの成功に関係している？

どういうことだ？

「君の農場で育てている野菜もまた、騎士団食堂の改善には欠かせないキーパーツだ」

「うちの野菜が……」

　疲労回復＆魔力アップ効果を持つうちの野菜たちをマルティナが調理して騎士たちへ振る舞う……それはレジナルド騎士団長やローレンスさんが思い描いていた理想図でもあった。

「あれだけ良質な野菜を扱う農家はそう見つかるものではない。レジナルド騎士団長も、これを機に君たちのところの野菜を正規ルートで調達したいと考えているに違いない。正直、今回の勝敗でそれを取り下げるとは思えないのだよ」

「と、いうと？」

「レジナルド騎士団長は、チェスター料理長に気づいてもらいたいのだろう。――料理人にとって何が一番大事であるかを。彼の両親は遠くの港町で小さな食堂を経営していたというし、その辺のことは承知しているんじゃないかな」

　それは知らなかった。

……きっと、マルティナが感じていたチェスター料理長の情熱にも気づいていて、チャンスを与えたっていうことか。

「それで、騎士団へはいつ顔を出す？」

「一週間後に使いが来ることになっています。それまでに準備を調えておけ、と」

「ふむ、一週間か……問題ないだろう。マルティナ、調理器具はあるか？」

「いつも使っている物で行こうかと思っています」

「包丁などはそれでいいかもしれんが、鍋やフライパンはサイズの大きい物を持っていくといい。一度に大量の食材を調理する必要があるからな」

確かにその通りだ。

マルティナの料理特訓に、俺たちも何か手を貸せないかと考えを巡らせていたその時、ひとりのメイドさんが声をかけてきた。

「ベイル様、少しお時間よろしいでしょうか」

「えっ？　か、構いませんが……何かありましたか？」

「実は、ぜひ旦那様が直接会って話がしたい、と」

「旦那様って……イゾロフ・タバーレス様が!?」

そういえば、前に来た時は顔を合わせることができなかったな。舞踏会の準備で忙しくてそれどころじゃなかったみたいだし、野菜の契約に関してはヒューゴさんに一任されていた。

というか、むしろ本来なら俺たちの方が出向くべきだったな。

そう反省しつつ、マルティナを残した他のメンバーはイゾロフ様の待つ書斎へと案内された。

豪華な調度品で飾りつけられたそこで待っていたのは、初老の男性。

彼がタバーレス家の当主――イゾロフ・タバーレスだ。

「初めまして、だね。本当はもっと早く会って話をしたかったが……フォスター王国との交渉もあって、なかなか時間が作れなくてね」

「いえ、とんでもないです」

クレンツ王国とフォスター王国。

霧の魔女の手によって、一時は危ぶまれた両国間の同盟だが、誤解の解けた今では順調に締結への動きが強まっている。

ただ、かつては敵国同士だったという歴史的な事情から、これに反対する勢力も少なからず存在しており、イゾロフ様はその説得に奔走していたという。

以前から話をしたがっているというのはグレゴリーさんから聞いていたけど、今回ようやくその機会が訪れたのだ。

「あのヒューゴが太鼓判を押すほどの野菜を育てた者がどんな人物が知っておこうと思ったのだが……まさかあの後で霧の魔女と一戦を交えていたなんて驚きだったよ」

「そんな……捕まえられなくて残念です」

「何を言う。下手をすれば、あの魔女の気まぐれでふたつの大国が戦火に包まれたかもしれないのだ。それを防いだのは紛れもなく君の功績だよ」

真っすぐな瞳で、そう強く告げられた。

ここまで言いきられると、なんだか照れ臭いな。

「さて、今度はまた厄介な案件を押しつけられたみたいだな」

「どうでしょう……でも、マルティナなら大丈夫だと思います」

「ヒューゴの娘か。あの子もまた父親に似て料理の腕は一級品だったからな。……十中八九、君の見立て通りに事態は進むだろうな。今回の料理対決とやらは間違いなくマルティナが勝つだろう」

そうか。

イゾロフ様はマルティナの料理の実力を知っているのか。

「しかし、本題は勝敗ではない――と、いうのは、さすがに君たちも分かっているようだな」

「ええ。騎士団の将来を担う若い人たちの舌に合い、なおかつ、能力上昇も狙える料理を目指しています」

「うむ。レジナルド騎士団長もそれを見越して、君たちに白羽の矢を立てたのだろうが……目論見《もくろみ》は成功だったようだな」

「全部うまくいったら、その通りなのですが」

「ははは、言うじゃないか。そう語る君の瞳にはまったく揺らぎがないぞ。――よほど信頼しているのだな、マルティナを」

イゾロフ様の言葉に、俺だけでなくみんなが同時に頷《うなず》く。

その光景を目の当《ま》たりにしたイゾロフ様は満足そうな笑みを浮かべた。

「ふっ、確かに騎士団の若者たちはこの国の防衛に欠かせない存在だが……君たちのような若者もまた、この国の未来には必要だ」

「ありがとうございます」

「礼を言うのはこちらだよ。今日は実に有意義なひと時を過ごせた。礼を言おう」

急遽《きゅうきょ》セッティングされた会談は、これにてお開きとなった。

この後、イゾロフ様はフォスター王国との同盟に向けた話し合いの席につかれるらしく、王都へ向けて出発。

それを見送ってから、俺たちは再び厨房へと戻った。

「マルティナ、何か手伝え――」

声をかけながら厨房へと足を踏み入れたが、俺はその言葉をすぐに呑《の》み込む。

厨房には真剣な表情で料理に取り組む親子の姿があった。

「これは……声をかけづらいわね」

「ワシらは引っ込んでおいた方がよさそうじゃな」

「ですわね」

「それがよさそうですぅ」

「ははっ、そうみたいだな」

俺たちが厨房からこっそりと退却――すると、それを待っていたかのように数人のメイドさんたちがやってきた。

「あのように熱中してしまわれると、おふたりともしばらくは厨房から出てきませんので」

「こちらにお部屋を用意しました」

「もしご希望でしたら、夕食もご用意できますが？」

メイドさんたちにそう問われた俺たち。

答えは……決まっている。

念のため、みんなへ視線を移すが、目が合った瞬間に全員がコクンと頷く。

「お願いします」

俺たちはマルティナの戦いを最後まで見届けることにした。

キアラにお願いして、使い魔をダンジョンへと送ってもらい、クラウディアさんに泊まってくることを知らせると、お世話係をしてくれるメイドさんたちと談笑しながら、その日を過ごしたのだった。

果たして、どんな料理が完成するのか……今から楽しみだ。

◇◇◇

マルティナの料理特訓開始から一夜が明けた。

「んあ？」

窓から差し込む明かりで目が覚める。

一瞬、いつもと違う周囲の様子に戸惑ったが、すぐにここがタバーレス家であることを理解し、飛び起きる。

「今日が二日目……メニュー開発の進捗《しんちょく》状況はどうなったかな……？」

結局、夜になってもマルティナは戻ってこなかった。

メイドさんたちの話だと、あの親子は昔から熱中すると周りが見えなくなるクセがあったというが……ちょっと心配だな。

とりあえず、様子を見に行こうと部屋を出る。

すると、そこでシャーロットとシモーネのふたりと鉢合わせた。

「あれ？　ふたりも今起きたの？」

「はいですぅ」

「キアラさんとハノンさんも起こしたのですが……おふたりは最後まで起きていましたので、まだ寝不足のようですわ」

そういえば、夜更かしだぁって盛り上がっていたなぁ。そのせいで寝坊ってわけか。

ともかく、俺たち三人でマルティナとヒューゴさんの様子を見に行こうと厨房へ向かった――と、

「あれ？　マルティナ？」

廊下の向こう側から、マルティナがこちらへと歩いてくる。その表情は完全に燃え尽きたといった感じに憔悴《しょうすい》しており、足取りもおぼつかず右へ左へとフラフラしていた。

「マルティナ!?」

「だ、大丈夫ですの!?」

「あわわわ!?」

俺たちは大慌てでマルティナを支える。

「あぁ～……みんなぁ～……」

「な、何があったんだ？」

「とっても眠いですぅ……」

恐る恐る尋ねると、マルティナは「ふあぁ～」と大きなあくびを挟んで、
と、言ったのを最後にそのまま俺の腕の中で寝息を立て始めた。

「……まあ、仕方ないですわよね。夜通しレシピを考案していたみたいですし」

「あ、あれ？　それじゃあ、マルティナさんのお父さんは――」

「私なら平気だ」

「「わあっ!?」」

いつの間にか、俺たちの背後に徹夜明けのヒューゴさんが立っていた。

「ヒューゴさん!?　目の下にクマができてますよ!?　大丈夫ですか!?」

「問題ない。今日一日分の仕込みはすでに終えてある。……さて、そういうわけだから、私も少し寝かせてもらおうか」

「レ、レシピは完成したんですの!?」

「言ったはずですよ、ブラファー家のご令嬢――問題ない、と」

「じゃ、じゃあ！」

「心配する必要は何もないよ。ただ、かなり頑張っていたから疲れたようだ。しばらくの間、マルティナをそっとしておいてやってくれ」

ヒューゴさんはそう言うと、こちらに背を向けたまま手を振って立ち去っていった。

どうやら、本当に騎士団食堂の新メニューは無事完成したようだ。

「お手柄ですねぇ、マルティナさん」

「そうですわね。これほど頑張ったんですもの、きっとうまくいきますわ」

安らかな寝息を立てるマルティナには十分な休息を取ってもらおうと、俺たちはメイドさんたちにお願いしてベッドを用意してもらう。

「壮絶な特訓だったみたいですわね」

スヤスヤと眠るマルティナの寝顔を見ながら、シャーロットが呟く。もはや母親の心境だな。

とりあえず、マルティナには存分に休んでもらって、その間に俺たちは帰り支度をしておくとしようか。

「ベイルさん、キアラさんとハノンさんはどうします？」

「おっと……すっかり忘れていたよ」

シモーネに言われて思い出した、爆睡コンビの存在。

まあ、帰りはここへ野菜を置いていく分、身軽になるわけだし、俺たちだけでも十分だろう。

「俺たちだけでも帰る準備はしておこうか」

「ですわね」

「分かりましたぁ」

ふたりにそう呼びかけてから、屋敷の外に置いてある馬車へと向かった。


――数時間後。

まず目覚めたのはキアラとハノンの爆睡夜更かしコンビだった。

「ごめんなさい、支度を任せきりにしてしまって」

「面目ないのぅ」

はしゃぎすぎて寝坊したことを猛省するふたり。それに免じて、今回のところは不問にすることで俺たち三人の意見は一致した。

一方、マルティナもお昼前には起床。

ちょうど俺たちが様子を見に部屋へ入った時だった。

「あ、あれ？　ここは……」

最初は自分が今どこにいるのかも分かっていない様子であったが、すぐにこれまでのことを思い出し、飛び起きた。

「お？　目が覚めたか」

「べ、ベイル殿？　……そうだ。私は騎士団食堂のメニュー考案のためにお父さんのところへ……」

　記憶が飛ぶくらいの猛特訓だったのか……ある意味、騎士団の訓練より厳しいものだったんじゃないか？

　メイドさんたちの話だと、あれくらいの特訓はマルティナがこの屋敷にいた頃から日常茶飯事だったらしいが……なるほど。そりゃ料理の腕も上がるわけだよ。納得だ。

　起きたマルティナとともにヒューゴさんの作ってくれた昼食をいただき、それが終わるといよいよダンジョン帰還へ向けて荷物をまとめた。

「マルティナ」

　そこへ、ディナーの仕込み中だったヒューゴさんがやってくる。

「こいつを持っていけ」

　そう言って、手にしていた布にくるまれている物をマルティナへと渡す。外見からは贈り物がなんであるか特定できずにいたが、これも料理人としての勘なのか、マルティナ自身は受け取った直後に中身が分かったらしい。

「これって……包丁？」

「そうだ。私の愛用している物の一本をおまえに託す」

「ええっ!?」

思わず叫ぶマルティナ。

それもそのはず。

料理人にとって包丁とは、騎士にとっての剣に相当する。言ってみれば自分の分身であり、かけがえのない存在だ。

そんな大事な包丁を託すというのだから、これは一大事。マルティナも動揺を隠しきれないでいた。

「で、でも……お母さんとの思い出の詰まった大切な包丁じゃ……」

「だからこそ、おまえに持っていてもらいたいんだ」

マルティナの肩をガシッと力強く抱き、ヒューゴさんは続ける。

「母さんにおまえの勇姿をすぐ近くで見てもらいたいんだ」

「お父さん……」

握られた拳にギュッと力がこもる。

どうやら、腹をくくったみたいだな。

「ありがとう、お父さん」

静かにお礼の言葉を述べると、親子はしっかりと抱き合う。マルティナは泣いているようだが……いかん、こっちまで泣きそうになる。というか、すでにシモーネとシャーロットは号泣しているし、キアラとハノンは目を潤ませていた。

こんな場面を見せられたとあっては、負けるわけにはいかないし、新メニュー考案も成功させなくちゃいけない。

俺たちは改めて気を引き締めると、タバーレス家の屋敷をあとにするのだった。

◇◇◇

ダンジョンへ戻ってからも、マルティナは期限いっぱいまで冒険者の仕事を休み、さらなるクオリティ向上のため試行錯誤を繰り返した。

最近では冒険者稼業もすっかり板についてきたが、そこはやはり一流料理人の血を引く者。料理のこととなったら目の色が変わるな。

ただ、熱心に取り組めているのはいいんだけど……根を詰めすぎていないか、そこだけが心配だな。

「彼女なら、きっとお兄様も満足できる料理を作ってくれますわ」

畑の様子を見ながら心配そうにツリーハウスを眺めていると、それに気づいたシャーロットがそう言ってフォローしてくれた。

彼女も、ここで暮らすようになってからマルティナの料理を何度も口にしているため、それはきっと本心だろう。

「ああ……きっとやってくれるさ」

あとでしっかり、マルティナには直接エールを送らないとな。

――話題は変わって、

「そういえば、ローレンスさんは他国との演習に出ていたんだよな？」

「ええ。今度の相手はフォスター王国ですわ」

「フォスター王国……」

久しぶりに聞いたな、その名前。

以前、霧の魔女がクレンツ王国とフォスター王国の仲を破綻《はたん》させるため、橋を建設するための木材を用意するエーヴァに昆虫型モンスターを仕掛けたり、ネイサン村へ傭兵《ようへい》を送ったりするなど、何かとちょっかいを出されたな。

そういえば、その霧の魔女も、学園での一件が終わってから目立った動きは見せていない。

気がかりなのは、あの学園農場の件――あれは学園側からすれば大事だが、世間からすれば小規模な事件だ。

世界でも屈指の実力者であるあの霧の魔女が、その程度のことで終わらせるはずがない。

あれは彼女の意志というより、そのバックに別の雇い主――黒幕がいて、まだ何か行動を起こそうとしているのではないかって噂も出始めていた。

特務騎士となった以上、俺も黙ってはいられない。

霧の魔女とその背後関係に関する情報も集めていかないとな。

マルティナもあんなに頑張っているんだ。

俺も、自分の新しい可能性を模索していかないと。

そんなことを考えながら日々を過ごしていると——あっという間に約束の一週間後となった。

第四章　料理対決！

「いよいよだな……」

ついに迎えた、騎士団食堂の料理長チェスターさんとの対決。

同じ料理人として、彼の腕を知るヒューゴさんは、贔屓目《ひいきめ》を抜きにしてもマルティナが圧倒するだろうと予想していた。

もちろん、俺たちもマルティナの勝利を信じて疑わない。

「ふふふ、臆することなく来たようだな」

騎士団食堂へ足を踏み入れると、丸太のように太い腕を組み、自信満々の面持ちで仁王立ちするチェスターさんが待ち構えていた。

彼以外にも、食堂には十数人の若い騎士たちがいるのだが、どうやら彼らはこれから始まる勝負の立会人らしい。

「本日はよろしくお願いします」

一方、マルティナは至って冷静だった。

むしろ、応援する俺たちの方が緊張している。

これから大一番を迎えるというのに、あれだけ堂々とした態度……これも普段からダンジョンで鍛えている効果だろうか。

ちなみに、勝敗のつけ方は、あと二時間ほどで合同鍛錬から戻ってくる新入りたちに向けた夕食を作り、評判のよかった方を勝ちとすることで決まった。俺たちが判定をすると私情が入るだろうし、それは仕方ないだろう。

……ただ、これに関して少し不安材料がある。

「ねぇ、ベイルはどっちが勝つと思う？」

「キアラさん、まさかマルティナさんが負けるとでも？」

「いやぁ、そりゃ絶対にマルティナが勝つだろうけどさぁ」

キアラの気持ちは分からないでもない。

チェスターさんの料理に対する情熱は確かだ。

これに関しては誰もが認めるところ。

しかし、レジナルド騎士団長やローレンスさんから苦言を呈され、同業者であるヒューゴさんからも不安視されていたのが――チェスターさんの料理人としての腕と知識であった。

勝敗を左右するのは、ズバリここだろう。

「では早速始めるとするか」

「はい」

そうこうしている間に、両者はキッチンへ移動。

用意した食材を使い、調理へ取りかかる。

ふたりがキッチンで戦っている最中、俺は若い騎士たちからチェスターさんについていろいろと話を聞くことにした。

今さらそんなことをしても、マルティナのアドバイスへつながるわけじゃないのだけど……勝敗に関係なく、今後も騎士団食堂の中心となるのはチェスターさんなのだ。

この料理対決が終わった後のことを考えて、俺はもっと彼の情報を知っておこうと思った。

――で、聞いて回った結果……どうやら、彼は年齢を理由に昨年騎士団を引退し、かねてより関心のあった料理の道へと進んだらしい。

長年、レジナルド騎士団長を含む多くの騎士たちが世話になり、そして慕われていた彼の第二の人生を応援すべく、この食堂を任せたらしいのだが……ちょっと早計だったみたいだな。

やはり昔の恩義もあるため、直接交代してくれとは言いづらいものがあったのかなと想像できる。

しかし、だからといってこのままにはしておけない。

そこで、俺たちに――いや、この場合は料理人マルティナに白羽の矢が立ったのだろう。

そのマルティナは相変わらず凄まじい手際のよさで調理を進めていく。

「おぉ！」

「なんと華麗な！」

立会人を務める騎士たちから漏れ聞こえるのは、マルティナの料理する姿を絶賛するものばかり。

日頃から見慣れている俺たちではあるが、確かに、今日のマルティナはいつもと一味違う。絶対に負けないという気合がヒシヒシと伝わってきた。

普段の料理では、勝ち負けなんて概念はないからな。

対決仕様のマルティナって感じがする。

一方、チェスターさんは動きだす素振りがない。

「マルティナさんがあれだけ動いているというのに……よほど自信があると見受けられますわね」

「まったく予想できんのぅ」

「は、はいぃ……」

シャーロット、ハノン、シモーネの三人は、動かないチェスターさんを不思議そうに眺めている。

ただひとり、キアラだけは、「もうあきらめたんじゃない？」と楽観的な予想をしているが……

俺としてもそれは的外れな見解ではないと思う。

それほどまでに、今のマルティナは凄いのだ。

まるでダンスをするがごとく華麗に食材をさばいていて、素人目にも無駄のない動きだと分かる。

立会人の騎士たちも、すっかりマルティナの調理に目を奪われていた。

「それにしたって……」

あそこまで不動だとかえって不気味さがあるな。

何か、とっておきの策でもあるのだろうか。

動のマルティナ。

静のチェスターさん。

ここまでのふたりの調理スタイルは正反対——しかも、どちらかというとチェスターさんの方が動きまくりそうなイメージだったが……ここまではこちらの予想を裏切る展開となっている。

勝負の行方を見守る俺たちがいろいろと考えを巡らせている間も、時間は刻一刻と過ぎていき、とうとう残り時間は三十分を切った。

マルティナの方はすでに何品か完成直前まで仕上げている。

「うおぉ……なんていい匂いなんだ」

「この場に立っているだけで涎《よだれ》が出てくる……」

完成が近づくにつれて、騎士団食堂内はマルティナの料理から放たれるいい匂いで満たされていった。

さて、こうなってくると気がかりは対戦相手であるチェスターさんの動向。

なんと、彼は未だに沈黙を守り続けていた。

「まさか……試合放棄ですの？」

「いや、さすがにそれはないと思うけど……」

勝負をあきらめたという割には、悲壮感のようなものがない。

――と、その時だった。

「そろそろか」

ボソッと呟《つぶや》いてから、ついにチェスターさんが動きだす。

「い、いよいよ動きだすみたいね」

「しかし、間に合うのかのぅ」

「残り時間はあと二十分しかないですぅ」

マルティナの方はすでに調理のほとんどを終えているのだが……今から作り始めて間に合うのだろうか。

一応、使用する食材に関しては公平を期すためにチェスターさんもうちの野菜を使える。

だが、チェスターさんは野菜には目もくれずにスルー。

彼が保冷庫の中から取りだしたのは――とてつもなくデカい肉の塊だった。

「彼は肉料理で勝負するようですわね」

「そうみたいだな」

周囲が注目する中、チェスターさんは巨大な包丁で肉を大きめのサイズに切り分けていく。

一体、あれを使ってどんな料理を作るというのか。

「ふっふっふっ！　見ているがいい！」

自信満々のチェスターさんは油を引いたフライパンにカットした肉を並べ、強火で焼き始めた。ある程度の焼き目がつくと、それを皿の上に置く。

ここまでは至って普通。

次は一体どのような手を打ってくるのか——と、固唾《かたず》を呑《の》んで見守っていたら、

「完成だ！」

「「「「えぇっ!?」」」」

これにはさすがに驚きの声が漏れる。

何せ、皿の上には焼かれた肉があるのみ。

食欲を刺激するような香りを漂わせるソースがあるわけでもないし、野菜のソテーを添えたりという工夫もない。肉のみ。肉オンリーなのだ。

体が資本となる騎士団のメンバーにとって、確かに肉は望ましい食材ではあるけれど……さすがにそのまま出すのはどうなのか。

よい言い方をすれば、お手本のような「男の料理」だが……実際にこれが好評なのかどうか——結果はこの後ハッキリする。

「肉だ。肉はすべてを解決する……！」

困惑する俺たちをよそに、ご満悦なチェスターさん。

本人的には会心の出来らしい。

しかしこれは……ジャッジする必要ないかもしれないなぁ。

「こちらも完成です！」

チェスターさんの豪快（と呼んでいいのか悩みどころではあるけど）な料理を前にして呆気《あっけ》に取られていると、マルティナからも完成したとの知らせが。

「で、では、まもなく審査を開始する！」

立会人である騎士のひとりが叫ぶと、他の騎士たちがキッチンから完成した料理を運びだして食堂のテーブルへと並べていく。

それから数分後。

「どうやら、若造たちが帰ってきたようだな」

チェスターさんの言う通り、キッチンの外から声がしてきた。

窓の外へ視線を移してみると、今年入ったばかりのルーキー騎士たちが泥だらけになり、疲弊しきった顔つきで歩いてくる。話によると、この後風呂へ入って、それから夕食となるらしい。

つまり、決戦の舞台はもうそこまで迫っているということだ。

やがて、風呂上がりの若い騎士たちが食堂へと入ってきた。

そこには、誰が作ったのかは伏せた状態でふたりの料理を並べてある。どちらにより人が集まるのかで勝敗が決まるとのことだが、

「おっ？」

「むっ？」

「えっ？」

食堂に入ってきた騎士たちの顔色が変わる。

「この料理はうまそうだな」

「いい匂いだぁ」

「食欲をかき立てられるよ」

そして、多くの騎士たちが集まったのは——もちろん、マルティナの作った料理だった。

「何ぃっ!?」

キッチンから騎士たちの様子をうかがっていたチェスターさんが叫ぶ。——いや、そのリアクションにこっちが「何ぃっ!?」って言いたい気分だよ。

マルティナの料理は、チェスターさんと同じく肉がメインとなっている。

叩いて柔らかくしてから、刻んだ野菜と一緒に炒め、うちの農場で収穫された果物を使ったソースがかけられている。さらに、こちらもうちの農場で採れた卵を使ってスープを作り、パンを添えて完成。素人目にも、バランスの取れたいい食事だと思う。

これに、若い騎士たちが群がらないわけがない。

飛びつくように食べ始め、おかわりコールが食堂内に轟《とどろ》いた。

——と、いうわけで、圧倒的な大差をつけて料理対決に勝利したマルティナであったが、

「俺の肉料理が……敗北するとは……」

その横で打ちひしがれているチェスターさんを見ると……まあ、仕方がないこととはいえ、ちょっと可哀想だな。

料理内容に多々問題はあるものの、本当に情熱自体は凄く持っていて、熱心だったからな。

どう声をかけたらいいのか、みんなが悩んでいる中——項垂《うなだ》れるチェスターさんのもとへ、マルティナがゆっくり近づいていく。

「あなたが騎士たちに栄養をつけさせたいからと、食材にお肉を使ったところは何も問題ないと思います」

それについては同意だ。

実際、マルティナも肉メインの料理だったわけだし。

「ですが、食べる相手が置かれた状況を把握することも大事だと思うんです」

「じょ、状況？」

「厳しい鍛錬を終えて戻ってきたばかりの若い騎士たちに、あの量と味は重く感じられるのではないでしょうか」

「!?」

刃物のように鋭かったチェスターさんの目が大きく見開かれる。目から鱗《うろこ》が落ちるって表現は、きっとああいう表情の時に使うんだろうな。

「例えばこのお肉も、こうしてソースをかければ――」

マルティナはそう言って、自分が作ったフルーツソースをチェスターさんの焼いた肉へとかける。

それを食べたチェスターさんは、

「!?　なんたるうまさだぁ!?」

絶叫した。

そして、

「感服した！　師匠と呼ばせてくれ！」

この変わり身の早さである。

「し、師匠？」

「あんたからもっと料理を学びたいんだ！」

「え、えぇっと……」

困った表情でこちらを見るマルティナ。

その表情は「助けてください」って訴えている。

とりあえず、彼女はうちにとっても欠かせないメンバーのひとりであるため、そのお話は丁重にお断りしないとな。

――で、紆《う》余《よ》曲折あったけど、とりあえず騎士団食堂の改善に関する諸問題はこれで片付いたと見ていいかな？

あとは、おかわり待ちをしている若い騎士たちからも話を聞いて、より彼らが満足できる料理を提供できるようにしていかなくては。

　こうして、マルティナとチェスターさんの料理対決は、見事に新米騎士たちの心と胃袋を鷲掴《わしづか》みにしたマルティナに軍配が上がった。

　ちょうどその時、

「一体何の騒ぎだ？」

　同じく鍛錬を終えたローレンスさんが食堂へとやってきた。

「ローレンスさん！　ちょうどいいところに！」

「む？　シャーロットとその仲間たちか」

　相変わらずシャーロットしか視界にないな、この人は。

　そんなローレンスさんであったが、周りの状況とこれまでに聞いている騎士団食堂の情報から、料理対決をしていたことをすぐさま把握。同時に、どちらが勝ったかも見極めたようだ。

「マルティナの勝ちか。……まあ、あのヒューゴ料理長の娘ともなれば、料理の腕も一級品なのだろうが――ふむ」

　不意に、ローレンスさんの視線がテーブルに並ぶマルティナの料理へと移った。

「そこにあるのがマルティナの作ったという料理か？」

「は、はい。私が作りました」

「どれ、ひとつ味見を――」

話しながらも、料理をずっとチラ見していたからな。かなり気になっていたらしく、返事を聞くより先に手が伸びていた。

で、その味見の結果は、

「ほぉ……うまいな」

思っていたよりも素直な反応だった。

彼もシャーロットと同じく、貴族であるブラファー家の出身。味の好みについては相当なこだわりがありそうだが、すんなりと認める辺り、それほどマルティナの料理のレベルが高いということだろう。

「身体《からだ》づくりに欠かせない肉だが、厳しい鍛錬に慣れていない若い騎士たちでは、それを終えた後に食べるのはなかなか厳しいものがある。しかし、このソースと野菜がそれを手助けしてくれる。工夫と愛情に満ちた素晴らしい料理だ」

「あ、ありがとうございます」

さらに至ってまともな評価が続く。

その後、料理を味わったローレンスさんの視線は、自然とチェスターさんへと向けられた。

「チェスターさん……」

「みなまで言うな、ローレンス。……俺の完敗だ」

ローレンスさんや騎士団長のレジナルドさんもかつて世話になったという元騎士のチェスターさん。ふたりだけでなく、騎士団の関係者の多くは彼に感謝しているという。

その恩義もあって、引退後に本人が希望する食堂の料理人にしたのだが……それがこのような結果を招くとは予想外だったのだろう。恩義がある分、直接苦言を呈するのはためらわれるだろうし。

だから、あの島でマルティナの料理の腕を見抜いたローレンスさんは俺たちにその役を託したのだ。

俺たちにその真意を隠していたのも、マルティナがプレッシャーを抱えないようにするための配慮だった。きっと、俺たちが食堂の改善に乗りだせば、チェスターさんとぶつかると睨《にら》んだのだろう。

すべてはローレンスさんの狙い通りに進行していったわけだ。

こうして、騎士団食堂の新メニューとして、マルティナの考案した料理が正式に採用される運びとなったのだった。


騎士団食堂の改善について、根本的な問題にはまだまだこれから取り組んでいくが、その足掛かりとしては成功したのではないかと思う。

想定外の事態が起きて、マルティナとチェスターさんの料理対決なんて流れになったけれど、そのおかげ（?）でマルティナの評判は騎士団内でうなぎのぼりだった。

残念ながら弟子入りの件はお流れとなったが、代わりにマルティナの考えたレシピをチェスターさんに渡した。

それだけでなく、料理人としての心構えから基礎的な技術を定期的に教えることに。

これは食材である野菜を届けた際に実施される予定だ。

話を進めていくと、チェスターさんはマルティナの父親であるヒューゴさんを尊敬していることが発覚。チェスターさんのマルティナへのリスペクトはさらに熱烈なものとなり、歯止めがきかなくなりつつあった。

なんとかチェスターさんからマルティナを引きはがし、翌日改めて食堂を訪れようとしたのだが、ローレンスさんに呼び止められた。

「ちょっと待ってくれ」

「今から例のダンジョンに戻るのは大変だろう。今日は王都にある宿屋に人数分の部屋を確保させておいた。そこでゆっくり休むといい。もちろん、代金はこちらが払っておく」

「い、いいんですか？」

「せめてものお礼だ」

ありがたい配慮だ。――と、思ったら、

「ただし、ベイル・オルランド……君にはこれから俺とともに城へ来てもらう」

「……えっ？」

な、なんだか嫌な予感がするぞ……。

まさか、「貴様にシャーロットを預けることにはやはり反対だ！　どうしてもと言うなら俺と剣で勝負しろ！　細切れにしてやる！」とか言いだすんじゃないだろうな。

不安にかられつつ、俺とローレンスさんのふたりは城の廊下を歩いていく。

そしてたどり着いた場所は——

「ここって……騎士団長室？」

以前にも訪れたことのある、レジナルド騎士団長の執務室だった。

「失礼します」

「おう。入ってくれ」

俺はローレンスさんに続いて執務室へと入る。

「やあ、待っていたよ」

イスに腰かけていたレジナルド騎士団長は立ち上がり、俺のもとへやってくると手を差し出した。

それを握り、固い握手を交わしたところで早速今日の話題を振られる。

「よくやってくれたよ」

「いえ、すべてはマルティナのおかげです」

今回に関しては、本当にその通りだ。

あれは俺ひとりじゃ解決できない問題だったからな。

「すでに別の者から料理の内容についても報告をもらっている。チェスター料理長も説得できたようだし、騎士団食堂の改善は順調に進みそうだな」

「そっちもほとんどマルティナのおかげですけど」

「ははは、まあ、そう言うな。そもそも君がいなければ成立しない話だったわけだしな。——おっと、そうそう。今日呼んだのはそのこともあるが……別件で、農場に関する話もあるんだ」

「農場の？」

どうやら、それが本日のメインテーマらしい。

俺たち三人は場所を室内にあった円テーブルへと移し、向かい合うように座った。

「単刀直入に聞くが——君のところでハリケーン・ガーリックの栽培は可能か？」

「ハリケーン・ガーリック？」

その名前には聞き覚えがあった。

もちろん、それは【ファンタジー・ファーム・ストーリー】の中で、だ。

風属性の魔力を向上させる効果を持つ野菜だが、自生している場所がとんでもないところなので、ゲーム内でも入手難易度が高いことで有名。

ゲームをプレイして、中級者クラスになったら絶対に手をつけておきたいのだが、まず間違いなく、初心者には手に負えない。

そんなハリケーン・ガーリックをレジナルド騎士団長は求めているらしい。

しかし、騎士団で風属性の魔力を向上させる野菜が必要になる事態なんてあるのか？

「うちにはまだありませんが……必要なのですか？」

「魔法兵団の方の新入りに、風属性が多いらしく、先日の王国議会で彼らの力をなんとか強化していきたいという話が出てな……」

なるほど。

必要としているのは騎士団ではなく、魔法兵団の方だったか。風属性の魔法使いからすれば、ハリケーン・ガーリックは喉から手が出るほど欲しいものだろう。

残念ながら、俺たちの手元にハリケーン・ガーリックはない。

けど、入手さえできればあとは竜樹《りゅうじゅ》の剣《けん》の力で栽培は可能となる。

「……分かりました。こちらでも入手できないかどうか、ライマル商会とも相談していろいろと探ってみます」

「おぉ！　頼めるか？」

「はい。ただ、確約はできませんが……」

「構わないよ。――それと、あともうひとつ。これは依頼ではなく忠告というか、注意喚起みたいなものだ」

「注意喚起……ですか？」

なんだか不穏な表現だな。

「以前、君たちが遭遇した霧の魔女が、再び動きだしているらしい。詳細は調査中ではあるが……情報元は信頼できるところだ」

「霧の魔女が!?」

「ヤツは君たちの顔を知っている。十分気をつけてくれ」

「分かりました」

再び動きを見せ始めた霧の魔女……不気味だな。

それはそうと、ハリケーン・ガーリックの件については一度商会へ顔を出し、グレゴリーさんとも相談してみよう。何かいいヒントをくれるかもしれないしな。

「さて、少し話が逸《そ》れたが改めて――引き受けてくれて感謝するよ」

「いえ、この国のためになるならば特務騎士として喜んで力を貸しますよ」

「頼もしいな。――では、ローレンス。この頼りになる騎士を彼女のところへ案内してやってくれ」

「分かりました」

「えっ？　彼女？」

彼女ってことは女性なんだろうけど……それ以外の情報はまったく入ってこないまま、ローレンスさんとともに騎士団長室をあとにする。

さすがにこのままではちょっと怖いので、案内役のローレンスさんへ尋ねてみることにした。

「あ、あの、さっきレジナルド騎士団長が言っていた彼女って誰なんですか？」

「魔法兵団のディアーヌ団長だ」

「ま、魔法兵団の団長……」

意外にもあっさりと答えてくれたローレンスさん。

いや、それ以上に、これから会う人物の素性に驚きだよ。

というか、魔法兵団のトップって女性だったのか……。

その名はディアーヌさん。

ローレンスさんの話では、国内で霧の魔女と対等に戦える唯一の存在とされるほどの魔法使い――けど、レジナルド騎士団長とは違い、あまり人前に出てこないという。

なので、直接会えるかどうかは分からないというが……俺としても、仕事の話をする以上は一度くらい直接会ってみたい。

俺はさらなる情報を求めてローレンスさんに質問をする。

「そのディアーヌ団長ってどういう人なんですか？」

「まあ……最初会った時は驚くかもな」

「へっ？」

珍しく、歯切れの悪いローレンスさん。

驚くって……どういう意味なんだろう。

とんでもない美人とか？

いずれにせよ、あのローレンスさんの口を鈍らせるほどの人ってことらしい……それって、物凄く厄介な存在ってことなのでは？

冷や汗が頬を撫《な》でた時、先を行くローレンスさんの足が止まる。

「着いたぞ。ここだ」

そう告げてすぐにノックをして返事を待ってから中へ。

すると、

「えっ!?」

ディアーヌ団長を見た俺は、思わず驚きの声が出た。

「待っていたわ」

落ち着いた口調でそう語るディアーヌ団長。

だが、その姿は――若い。

いや、若すぎる！

俺よりもずっと年下に見えるぞ！

外見から察するに、十歳くらいだろうか。ハノンといい勝負だな。

しかし、いくら天才魔法使いとはいえ、限度ってものがありそうだが……もなのかな。

いろいろと考えを巡らせていたら、ディアーヌ団長は「コホン」とわ
ら話を始める。

「初めまして。私が、クレンツ王国魔法兵団団長のディアーヌよ」

そう名乗った。

疑っていたわけではないけど……本当だったんだ。

ただ、見た目は子どもだけど、話し方や醸《かも》しだすオーラは大人のそれ……やっぱり、この子が
――ああ、いや、この人が本物のディアーヌ団長なのか。

「私の年齢のことかしら？」

「えっ？」

「あら、違うの？　不思議そうな顔をしているから、てっきりその件についてかと」

「い、いや、その……」

「気にしなくていいわよ。むしろそうツッコミを入れられたくてこんな格好をしているようなもの
だし」

「は、はあ……」

ど、どういうことなんだ？

「今のあなたから見て、私はいくつに見える？」

「へっ？　え、えっと……十歳くらい？」

「残念だけど——本当はもっとずっと年上なのよ」

「は？」

「魔法の力は偉大ってことよ」

バチッとウィンクを決めながら告げるディアーヌ団長。

クレンツ王国魔法兵団のトップ。

その人物——ディアーヌ団長は年齢不詳の女性だった。

ローレンスさんの言っていた、「最初会った時は驚く」って意味がよく分かったよ。

……騎士団に比べてキャラが濃すぎだろうと思ったけど、すぐ隣に立っているローレンスさんも負けず劣らずキャラの濃い人だったな。

「何か？」

「い、いえ、別に……」

まるでこちらの思考を読んでいたかのように、バッチリ目が合った。

……気を取り直して。

年齢不詳——というのは誤りだと分かった。

実年齢は不明で、外見年齢を魔法によって自在に変えることができると言った方が正しいらしい。

そんなディアーヌさんから、改めてハリケーン・ガーリックの件について依頼される。

「今年の新兵たちには風魔法属性が多くてね。しかも、それを見計らったかのように、今年はハリケーン・ガーリックの質が例年以上によいという情報を得たのよ」

「それで俺に……」

「ええ。お願いできる？」

「任せてください！」

「ふふふ、頼もしいわね。農夫の特務騎士って前代未聞だったけど……あなたのこと気に入ったわ」

「こ、光栄です！」

　魔法兵団長という立場の方にそこまで言ってもらえるのは純粋に嬉しかった。

「あなたたちは王都の宿に泊まるのよね？」

「その予定です」

「なら、これから関連資料をまとめて、私の部下に届けさせるわ。何かの役に立つでしょうから」

「資料って……」

「正直、そこまで詳細な情報ってわけじゃないのよ。どこまであなたたちの力になれるか分からないけど」

「いえ、大丈夫です。それに――ハリケーン・ガーリックが手に入りそうな場所については見当をつけてあります」

「そうなの？　……本当に頼もしいのね」

もちろん、それは【ファンタジー・ファーム・ストーリー】の中で得た知識のことだ。

過去の例を見ても、ゲームの内容に忠実な部分が多いため、ここはそれを参考に調査を進めていこうと思っている。

だが、ゲーム内でもハリケーン・ガーリックの入手方法はかなり難しい。

そう易々《やすやす》と手に入るものではないが、逆にひとつでも入手できれば、竜樹の剣の力でダンジョンでも育てることができるはず。

ともかく問題は、そのたったひとつを入手すること。

これだけだ。

それを叶えることができたら、騎士団だけでなく魔法兵団とも強いつながりを作ることができる。

これは大きいぞ。

「ちなみに、その見当がついている場所ってどこなのかしら？」

「国内最東端にある《嵐の谷》と呼ばれる場所だと思われます」

「っ！　凄いわね……明日届ける資料にも、可能性があるとすれば嵐の谷と書かれているのよ」

やはりそうだったか。

嵐の谷。

【ファンタジー・ファーム・ストーリー】の中にも同じ地名が存在しているし、ゲーム内でも、そこでしか入手できない野菜とされている。

ただ、俺の記憶が確かなら、あの場所を攻略するのは骨だ。

じっくり作戦を練っていくべきだろうな。

「それじゃあ、期待しているわね——特務騎士の農夫さん」

「はい。頑張ります」

ここまで言われたら、その期待にしっかり応えないとな。

気合も新たに、俺はローレンスさんとともにディアーヌさんの部屋をあとにするのだった。


ディアーヌ魔法兵団長との話を終えた俺は、ローレンスさんに案内されて今日泊まる宿屋の前までやってくる。

そこは王都でもトップクラスに高級なことで知られる場所で、俺たちの稼ぎじゃまず泊まれない。

「い、いいんですか……ここ、高いんじゃ……」

「気にするな。俺の奢《おご》りだ」

サラッと言ってのけたけど……そもそも実家が名家だもんなぁ。というか、奢りって表現で合っているのか？

「言っておくが、俺のポケットマネーだからな」

「き、肝に銘じておきます」

「よろしい。――くれぐれもシャーロットに変なことをするなよ?」

「りょ、了解です」

「それ以外の女の子となら何をしても許す」

「はい。――はい?」

それはそれでどうなのかと思うが……。

「それが分かっているならばそれ以上何も言わない。俺は明日からまた遠征に出るからしばらくいなくなるが……くれぐれも頼むぞ」

「いや、ちょっと待っ――て、また遠征ですか?」

「これでもなかなか忙しい身でな」

重度のシスコンぶりで忘れそうになるけど、ローレンスさんって将来を嘱望《しょくぼう》される騎士団の若きエースなんだった。

レジナルド騎士団長の評価を借りれば、ディアーヌさんが魔法兵団で唯一霧の魔女に対抗できるとすると、騎士団の場合はローレンスさんになるだろうか。騎士団長も「重度のシスコンであることを除けば完璧な男だ。剣の実力も、やがては俺を凌駕《りょうが》するだろう」と語っていたし。

その辺はゲーム内でも度々描写されているし、俺もここまでのシスコンと知るまではめちゃくちゃエリートでクールな騎士って印象を抱いていた。ある意味、これまで出会った中で一番ファン泣かせの人だなぁ。

「騎士団食堂を改善するため、マルティナに協力したり、魔法兵団強化のために食材探しをしたり……そのうえ霧の魔女にも目をつけられているかもしれない君は――それはそれで忙しそうだが、まあ、無理だけはしないようにしろ」

「えっ？」

信じられないような言葉を耳にした気がして思わず聞き返す。

「聞こえなかったか？　最高の仕事を果たすには、最高のコンディションをキープし続けなくてはならない。それはたとえ騎士であろうと農夫であろうと変わらないはずだ。――違うか？」

「！　は、はい！　その通りだと思います！」

明らかにさっきと言っていることが違うんだけど……その表情を見る限り、最初に言った言葉を取り消して変更したっぽいな。

ここでまさかのツンデレ発動か？

「分かっているなら、これ以上俺から何も言うことはない」

ローレンスさんはそれだけ言い残して立ち去っていった。本当に……シャーロットがかかわっていない場面だと凄く有能に見えるな。

ひとりになってからすぐに、宿屋のドアが開いた。

中から先乗りしている他のメンバーが続々出てくる。

「あっ、やっぱりベイルの声だった」

「遅かったのぅ、ベイル」

「一体何があったんですか？」

「どうせお兄様が余計なチャチャを入れてきたのでしょう？」

「そうなんですかぁ？」

キアラ、ハノン、マルティナ、シャーロット、シモーネに声をかけられ、俺は返答に困る。

とりあえず、別れてからの出来事をひとつひとつ順を追って説明しようとしたのだが――さすがにここでするわけにもいかない。

一度宿に入り、みんなには俺の部屋に集まってもらって、そこから改めて話をしようと提案し、俺たちは揃って宿屋へと戻った。


受付を済ませてから、俺の部屋へと移動し、早速説明を始める。

まず、ディアーヌ魔法兵団長から、正式に依頼を受けたことを伝えた。

「ディアーヌ団長が？」

最初に反応したのはキアラだった。

「知っているのか？」

「ええ、ディアーヌ団長なら会ったことあるわ。……でも、その時はまだ副団長って立場だったはずだから、きっとあれから出世したのね。まっ、あの人なら絶対団長になるって思っていたけど！」

どうやら、キアラはディアーヌ団長と面識があるようだ。

キアラ曰《いわ》く、物静かで大人しい人だという印象が強く残っている一方、大人だらけのパーティーで退屈そうにしている自分を見かね、いろいろと魔法を見せてくれたという世話好きな一面もあったという。

「思い返すと……あの時から魔法に強い関心を持ったのかも」

幼い頃の記憶に浸るキアラ。

そんな姿を見ていると、ディアーヌ団長の人柄が透けて見えてきた。

ちなみに、ディアーヌ団長が幼い子どもの姿をしているということも追加情報として教えたら、めちゃくちゃ驚いていた。スラフィンさんと親しいので、これまでに何度か顔を合わせたことがあるらしいが、その時はいつも二十代後半くらいだったという。

もしかしたら、会う人によって外見年齢を変えているのかもしれない。俺の時はちょっとイタズラしてやろうって思ったのかな？

キアラ曰く、「そういうことは喜んでやるタイプ」とのことなので、この説が濃厚だな。

お茶目というかなんというか……ともかく、いろいろと摑みづらい人であったことは確かだ。

話が脱線してしまったので、軌道修正をするように話題を変える。

その依頼を成功させる鍵であるハリケーン・ガーリックを求めて嵐の谷へ向けて出発することをみんなに告げたのだ。

「嵐の谷……名前からして、暴風が吹き荒れる場所かしらね」

キアラがおもむろにそんなことを言う。

どうやら、嵐の谷がどういう場所なのかは知らないようだ。てっきり、うちで一番の知識人である彼女なら、何か知っていると思ったのだが。

「私も同じことを考えていました」

「そ、そんなところに行って大丈夫なんでしょうかぁ……」

「あなたたちは霧の魔女とかその配下が送り込んだ巨大モンスターを蹴散らしたそうじゃない。それなら問題ないのではなくて？」

シャーロットがそう思うのも無理はない。

実際、本当に何もないところならあっさり攻略できるはずだ——けど、そうなりそうにないから、困るんだよな。

「……そう簡単な話ではないと思うよ」

「なんじゃ、ベイルは嵐の谷を知っておるのか？」

「まあね」

あの谷は、攻略にだいぶ手間取ったからな。

でもまさか、それを自分自身が、ゲームではなく実際に体験することになるなんて……まあ、そういうのは今に始まったことじゃないけどさ。

――って、今はそれよりも、みんなに俺が知っている嵐の谷の情報を教えて、共有しておかないと。

「基本的には、さっきキアラが言ってくれたみたいに常時暴風が吹き荒れている場所だ」

「基本的にはってことは……それ以外に何かあるってこと？」

さすがキアラだ。鋭いな。

「その通り。問題は……この谷に巣くうモンスターだ」

「「「モンスター？」」」

顔を見合わせる女性陣。

――そう。

嵐の谷を攻略するうえでもっとも厄介なのは、あの場所に巣を作っているモンスターだ。

もし、そこら辺のダンジョンにいそうなモンスターが相手ならば問題なく蹴散らせるだけの力が今の俺たちにはある。水竜シモーネっていう規格外に強い味方もいるわけだし。

……それでも、あそこのモンスターに対してはしっかり対策を講じなければ全滅だってあり得るだろう。一筋縄ではいかない強敵だ。

恐らく、これまでの実績から、ディアーヌさんは俺たちに依頼をしてきたのだろう。

「あなたがそこまで言うくらいだから、嵐の谷に住むモンスターというのはかなり手強いようね」

ここでもキアラの鋭い勘が冴える。

喜ばしい内容ではないってところは残念だけど。

それから、明日の早朝にもディアーヌ団長の部下がハリケーン・ガーリックに関する情報をまとめた資料を持ってきてくれることになっていると伝え、そのあとは各自明日に備えて部屋で休むことに。

「嵐の谷、か……」

みんなが去り、ガランとして寂しくなった部屋で、俺は自分の知り得る情報を必死に思い出していた。

こうして、ダンジョン農場のさらなる発展をかけて——俺たちは新たな難題へと挑むことになったのである。

第五章　謎の少女

翌朝。

身支度をしていると、宿屋の主人が部屋へとやってきた。

なんでも、ロビーに魔法兵団からの使いだというふたりの若者がやってきているという。

「ディアーヌ団長の使いか」

みんなと合流する前に会っておこうと思い、俺はロビーへと向かう。

すると、そこには魔法兵団の制服を身にまとうふたりの人物が待っていた。

「やあ、おはよう」

「昨日はよく眠れたか？」

「はい。おかげさまで」

「早速で悪いが――こいつを受け取ってくれ」

金髪の魔法使いが差しだしたのは、一冊の本。これが、ハリケーン・ガーリックの情報をまとめた資料らしい。

「嵐の谷に行くなら、十分気をつけてくれ」

「あの辺は最近、よからぬ噂を耳にするからな」

「よからぬ噂？」

い、いきなり不穏なワードを放り込んでくるなぁ。

「タチの悪い冒険者が旅人に絡んで金品を巻き上げるという事件が多発していると聞く」

「まあ、あの霧の魔女を退けた君たちならばそういった輩《やから》を返り討ちにできるのだろうが、念のため、そういうことも起きているという事実は頭の中に入れておいて損はないだろう」

「わざわざありがとうございます」

確かに、事前に知っている状況とそうでない状況とでは対応に差が出てくるからな。この忠告は素直にありがたかった。

「じゃあ、俺たちは次の任務があるからこの辺で失礼するよ」

「頑張ってくれ。期待しているよ」

「はい！」

情報を届けてくれたふたりの魔法使いを見送ると、俺はロビーにあるソファに腰を下ろし、みんなが来るまでの間に資料へ目を通しておく。

「へぇ……こんな情報もあったのか」

ディアーヌさんはたいしたことない情報って言っていたけど……ゲームにもない情報が載ってい

るな。

興味深く資料を眺めているうちに、女性陣が準備を終えてロビーへと集まってきた。

「おはようございます——って、何を読んでいるんですか？」

最初にやってきたのはマルティナだった。

「これからゲットしに行く、ハリケーン・ガーリックに関する資料だよ。魔法兵団の人たちが届けてくれたんだ」

「ほぉほぉ……あの、私も見ていいですか？」

「どうぞ。俺はほとんど見終わったから」

「ありがとうございます」

他のメンバーが来るまで、マルティナは資料へと目を通す。そのうち、シャーロット、シモーネ、キアラ、ハノンの順番でロビーに集まり、俺が資料を受け取ってから三十分ほどで全員揃《そろ》った。

「ハリケーン・ガーリックの資料は私も見たいところではあるけど……それよりもまず、今後の予定はどうする？」

「とりあえず、まずは一度ダンジョンへ戻る。嵐の谷へ向かうにしても、いろいろとアイテムを調達しておかないとな」

「やっぱり、そうなりますわね」

俺とキアラとシャーロットで今後の行動について確認をする。

一方、マルティナ、シモーネ、ハノンは熱心に資料を読んでいた。

さて……これからまた忙しくなるぞ。


ダンジョンへ戻った俺たちは早速旅の準備に取りかかる。

——と、そこへ、

「今回の王都への旅では随分とお楽しみになりましたね」

帰宅早々、クラウディアさんからいきなりそんなことを言われた。

「お、お楽しみって……」

「おや？　お楽しみの意味がお分かりのようで」

……何だか、今日はいつも以上にグイグイ来る気がする。もしかして、自分だけ置いていかれたのが引っかかっている？

だとしたら、このお願いは聞いてもらえるかもしれない。

「あの、クラウディアさん」

「なんでしょうか？　今度の標的は私だとでも？」

「ある意味、それは正解です」

「えっ？」

おっ？

今のリアクションは初めてだな。

クラウディアさん自身も、思わず素の反応をしてしまったことに気づいてハッとなったがもう遅い。バッチリ目に焼きつけた。

「……腕を上げましたね、ベイル様」

「やられっぱなしでいるわけにはいかないからね。――でも、あなたの力を貸してほしいというのは本心ですよ」

「私の力を……？」

国内でも屈指の大貴族であるブラファー家の令嬢・シャーロットの専属メイドを務める彼女の能力の高さは折り紙つきだ。

うちでは基本的にウッドマンたちと一緒に家事をやってもらっているが、クラウディアさんには高い戦闘力など、なんでもできる万能さがある。これはきっと俺たちにとっても大きな存在となり得るだろう。

ちなみに、彼女の主人であるシャーロットには事前に相談し、すでに嵐の谷へ同行する許可をもらっている。

そのことを告げると、彼女はキョトンとした顔をしていたが、すぐに状況を理解していつもの調子に戻る。

「分かりました。私としましても、やはりお嬢様を近くで見守りたいのでその申し出はむしろありがたいです」

「じゃあ、決まりですね」

というわけで、今回の旅にはクラウディアさんも参加することとなった。

「ちょっと、ベイル！　支度は終わったの？」

クラウディアさんとの話が終わった頃、さっきからツリーハウス内で忙《せわ》しなく動き回っているキアラから声をかけられる。

「こっちの方はほとんど終わったから、手伝うよ」

「もう終わったの？　着替えとかは？」

「バッチリだ。男は基本的に衣服の数が女性より少ないし」

中でも俺は服装にそんなにこだわりないし。着替えとして持っていけそうな物を適当にバッグへ詰め込んだだけだ。

女性陣の中では、マルティナが俺に近い感性だった。

彼女の場合は冒険者って顔もあるから、服装は見た目よりも動きやすさなど機能性を重視している。そのため、特に悩むことなく淡々と準備を進められるのだ。

ハノンもどちらかというとそちらのタイプなのだが、竜人族であるシモーネは俺たちと出会うまでドラゴン形態で過ごすことが多かったらしく、最近になってファッションの楽しさに目覚めつつあった。これに関してはキアラやシャーロットの影響だな。

そのふたりはとにかく大荷物であった。

引っ越しでもするのかとツッコミを入れたくなる量だ。

「今回は今までにない遠征となるんだから、念には念を入れていろいろと持ち込んだ方がいいでしょ」

「キアラさんの言う通りですわ」

「……まさかあなたに賛同される日が来るなんて、思ってもみなかったわ」

「それはこっちのセリフですわ！」

珍しく意見が一致したというのに、仲良くなる気配がない——いや、厳密にいうとふたりは信頼し合っているし、本人たちは否定するだろうけど、はたから見ていると親友同士って言っても過言じゃないくらいだと思う。

それはともかくとして、お嬢様であるふたりは他のメンバーに比べて準備に余念がない。

無理もないかもなぁ……嵐の谷は、ここから馬車移動で最短ルートを通っても丸一日以上かかるため、どこかで一泊しなければならない。そうなると、必要な物は増えていく。自然な流れだ。

結局、ふたりは夜になるまで準備に追われることとなったのだった。

◇◇◇

一夜明け、いよいよ嵐の谷へ向けて出発する朝を迎えた。

今回は向こうで何日か寝泊まりすることになるだろうから、そのための準備もしっかり調えておいたけど……正直、未知数なところがあるので、これで万全かどうかは分からない。

理想は、モンスターとも出くわさずにパパッと見つけて戻ってくることだけど、そううまくもいかないだろうし、現地で食料などを買い足しながら、気長にやるしかないかな。

そんなことを考えつつ、俺たちは馬車へ用意した荷物を積んでいく。

今回は長旅になるし、内容もこれまでにないハードなものとなりそうだから、助っ人としてクラウディアさんにも同行してもらう。

なので、留守番はウッドマンたちだけになる。

「では、私が留守の間、家回りのことはお願いしますね」

「「「「キキーッ！」」」」

クラウディアさんはウッドマンたちをすっかり飼いならしていた。なんか、めちゃくちゃ懐《なつ》いているんだけど……何したんだ？

「さて、これで荷物は全部かしら？」

ちょうどその時、キアラが最後の荷物を馬車へ積み終え、出発の準備が完全に調った。

「忘れ物はないか？」

「リストにある必要な物は全部入れました」

念のために作っておいたのだが、きちんと機能しているようで何より。

旅の支度が調うと、俺たちはウッドマンたちに「行ってきます」と告げて、嵐の谷の最寄りの町であるアウドラへ向けてダンジョンをあとにした。

「いい天気ですね～」

マルティナがそう言いたくなるのも分かる。

本日は雲ひとつない快晴。暑くもなく寒くもなく、過ごしやすい理想的な旅日和だからな。

ダンジョンのある森を抜けると、そこには先の方が霞んでしまうくらいのだだっ広い草原が現れる。

「地図によれば、この草原を北へ進むようです」

「ふむふむ……改めて確認すると、目的地である嵐の谷はかなり遠いのぅ」

「今日のところは、とりあえずこのアウドラって町まで進もうと思っているよ」

「この町で一泊するんですよねぇ」

「そのつもりだ」

ハノンとシモーネと一緒に地図を眺めながら、今日のルートを振り返る。

第一の目的地であるアウドラへは、夕方に到着予定。

俺たちは道中で発見した泉に立ち寄ったり、偶然出会った小動物と戯れたりしながら、アウドラへと向けて順調に進んでいった。

――で、アウドラの町へは夕方前にたどり着くことができた。

「思っていたより大きな町だなぁ」

それが素直な第一印象だった。

イメージとしては、もうちょっと田舎の町を想定していたのだが、人も多いし、何より活気がある。

この町は【ファンタジー・ファーム・ストーリー】の中には登場しないので詳細はまったくの不明だったが、アイテム屋の数も多く、資金さえあれば物資の調達には困らないだろう。

この日はまず宿屋で受付を済ませ、馬車を預けると、暗くなるまで周囲の様子をチェックしつつ、情報収集することに専念するつもりだ。

その宿屋だが、実は魔法兵団トップであるディアーヌさんが手配してくれていた。まずは身軽になろうとその宿屋へ寄ったのだが、

「「「「おおぉ……」」」」

俺とマルティナ、シモーネ、ハノンの四人はあからさまに高級感を放つ宿の外観に驚いて茫然《ぼうぜん》となる。

一方、

「まあ、こんなところかしらね」

「ふふん！　わたくしの泊まる宿としては申し分ありませんわ！」

「そのようですね」

キアラ、シャーロット、クラウディアさんは余裕の反応。

「って、オルランド家の嫡男《ちゃくなん》であるベイルさんは、どちらかというとわたくし寄りの反応をするのが正しいのではなくて？」

「そ、そうかもしれないけど……ダンジョンでの生活が長くなったことで薄らいじゃったかな」

シャーロットの言う通り、オルランド家の名前があった頃は、俺もこのくらい高級な宿屋に泊まることはあった。

しかし、それももう過去のこと。

今ではすっかりダンジョンにあるツリーハウスでの生活が馴染《なじ》んでしまい、この手の宿屋は随分と久しぶりだ。

ともかく、部屋に荷物を置いてこようと宿屋のロビーへ向かった俺たち――が、ここである問題が発生。

「えっ!?　部屋は三つ!?」

確保されていた部屋の数は三つだという。

俺たちは全員で六人いるから、ふたりずつ泊まれば問題ない――いや、ある。

「……誰かがベイルと同じ部屋になるってことね」

キアラのこのひと言で、空気が張り詰めた……気がした。

「仕方ありませんわね。ここは元婚約者であるわたくしが――」

「公平にジャンケンで決めましょう」

シャーロットの意見はキアラによって一蹴された。

「な、なぜですの!?　わたくしならば問題ないでしょう!?」

「大アリよ！」

「ワシなら兄妹《きょうだい》で押し通せるのではないか？」

「そ、それなら私も妹ということで！」

「マルティナさんが妹はちょっと無理があると思いますぅ」

「でしたら、メイドである私が」

「それはそれで問題がありですわ！」

うーん……だんだん収拾がつかなくなってきたな。何か、この状況を打ち破れる名案はないものか――あっ、そうだ。

「俺は預けてある馬車の荷台に寝るから、みんなはそれぞれ部屋に――」

「ジャンケンで部屋割りを決めるわよ」

「異議なしですわ」

「異議なしです！」

「異議はないのぅ」

「い、異議なしですぅ」

「私は棄権しますので」

「……」

急にまとまりだしたぞ、おい。

まあ、何はともあれ、話はまとまったみたいだし、これでようやく部屋へ入ることができる。

そして始まった、緊張感たっぷりのジャンケン。

「「「「最初はグー！」」」」

ロビーに響くみんなの声。

次第に、「何事だ？」と人が集まってきた。

宿泊客も注目する勝負は、五回連続あいことなり、緊迫した攻防が続く。

「い、いい勝負だな」

「だが、この流れ――決着は突然訪れるぞ」

「ああ……次はひとつの分岐点となるに違いない」

ついには解説しだす者まで現れた。

――それから時は流れ、二十六回目。

全員が手を出した瞬間、野次馬たちから歓声が沸く。

「「「「あいこで――しょっ！」」」」

またあいこ……次で二十七回目だぞ。

途中で、「ふたりずつで勝負していく勝ち抜き方式がいいんじゃない？」と提案しようとしたのだが、同じく見守っているクラウディアさんに「野暮なことは言いっこなしにしましょう」と止められてしまい、結局今の状況を見守り続ける流れとなっている。

体力には自信のあるマルティナでさえ、激しい戦いの連続で息が上がってきているように見えるが……なんか、ダンジョンでの探索から帰ってきたよりも疲れてないかい？

その後もあいこが続き、ちょうど五十回目を終えた時だった。

「もういい！」

野次馬のひとりが、突然叫ぶ。

名前は分からないけど、きちんとした身なりからしてどこかの貴族だろう。その人は野次馬をかきわけて俺たちの前まで来ると、一礼してから語り始めた。

「いいものを見させていただいた。そのお礼と言ってはなんだが――今夜私が宿泊する予定のウルトラスイートルームを君たちに提供したい」

「えっ!?」

いきなりの申し出に、俺たちは困惑した。
ウ、ウルトラスイートルームって……最上階にある、この宿屋で一番値段の高い部屋じゃないか！
「あそこは最大十人まで泊まれる。仲良く一夜を過ごすといい。私たちはあなた方が泊まる予定の部屋で十分だ」

「い、いや、でも――」

さすがに申し訳ないと思って断ろうとしたが、その男性貴族は俺の肩へそっと手を添え、「男を見せなさい」と囁《ささや》いた。

「とはいえ、あの様子ではまだ誰とも一線は越えていないようだ。……その紳士的振る舞いは賞賛に値するが、あまり女性を待たせるものではないぞ」

「は、はあ……」

……なんだか、凄い誤解をされている気がしないでもないが、せっかくのご厚意を無下にするのも気が引ける。

「凄いわよ、ベイル！」

「とっても広いですぅ！」

「お風呂までついているんですね！」

「食事もここまで運んでくれるのか」

「確かに……こっちの方がわたくしに相応《ふさわ》しい部屋ですわ！　クラウディアもそう思うでしょう？」

「はい、お嬢様」

全員漏れなく泊まる気満々のようで、受付で部屋の内装をチェックしていた。

まあ、誰かとふたりっきりでひとつの部屋に泊まるよりかは健全かも。

「あっ、ちなみにこちらのお部屋ですが、ベッドはひとつしかありませんので」

「なんで!?」

「仕様です」

受付嬢からもたらされた情報に、俺は思わずツッコミを入れてしまう。

最後の最後で致命的な欠陥が見つかった――が、さすがにここからの変更は難しいだろうし、みんなはそれで大丈夫だと半ばゴリ押しの状態で宿泊が決定したのだった。

「さあ！　お部屋も決まったことですし、情報収集に行きましょう！」

「「「おおーっ！」」」

マルティナのひと言に、全員が声を合わせる。

元気なのはいいことだけど……本当に大丈夫かなぁ。

「それで、最初はどこへ行くの？」

不安げにしていると、キアラが顔をのぞき込みながら言う。

……そうだ。

気持ちを切り替えて、仕事に集中しよう。

今回の案件はかなり厄介だからな。

気を引き締めていかないと。

「と、とりあえず、冒険者ギルドへ行こうと思っている。あそこなら、嵐の谷に関するクエストもあるだろうし」

「確かに、それが一番手っ取り早い方法ね」

「では、ギルドへ行くとするかのぅ」

こうして、宿屋の部屋割りでひと悶着《もんちゃく》はあったものの、嵐の谷にあるとされるハリケーン・ガーリックを手に入れるための情報収集がようやく始まった。

いろいろとトラブル（？）はあったものの、とりあえず部屋は決まったので俺たちは町へ繰り出して情報収集を行うことにした。

この手の内容を調べるには、やっぱり冒険者ギルドが一番だろう。

ドリーセンの町にも、ギルドはある。

ギルドマスターはフェリックスさんという名前で、シモーネの件ではとてもお世話になった。

あの時は、ギルドに「山道にドラゴンがいる」という情報が寄せられ、それをもとに俺たちが調査へ乗りだしたって感じだった。

それはきっと、ここでも同じだろう。

ダンジョンの情報だけでなく、アウドラの町やその周辺に関する情報がもたらされているはずだ。

その中にはきっと、嵐の谷に関するものもあるだろう。

そんな期待を抱きながら、俺たちはギルドへとやってきた。

中へ入ってみると、

「あら～？　とっても可愛らしいお客様ね～」

ドぎついメイクに丸太のように太い腕。

明らかに中年男性だが、その出で立ちは真っ赤なドレス風の衣装。

「こんばんは。ここのギルドマスターをしているバドスよ」

ギルドマスターかよ！

しかもめちゃくちゃ強そうな名前だな！

おまけにあの肉体……グレゴリーさんも商人とは思えない筋肉をしていたけど、こっちも負けていないな。

「言いづらければキャサリンでもいいのよ？」

「えっと……バドスさん」

「あら残念」

本当に心底残念そうなキャサ――バドスさん。

マルティナとキアラ、それにクラウディアさん辺りは以前にこういった派手なタイプの人と会ったことがあるのか、割と平気そうだが、対照的に「こういうタイプの人間もいるのか」という視線でバドスさんを見つめるシモーネとハノン。

その横ではシャーロットが口をあんぐりと開けて茫然としている。メンバーの中で一番衝撃を受けているな。

今ではクラウディアさんの背中に身を隠し、様子をうかがっていた。

驚いているシャーロットには悪いけど、話を進めないといけないので、嵐の谷に関する情報がないか尋ねてみることに。

「嵐の谷？」

途端に、バドスさんの表情が引き締まる。

「……あなたたちもハリケーン・ガーリック目当てのようね」

「あなたたちもということは、俺たち以外にも？」

「多いわよ～。中には国のお偉いさんがわざわざ腕利きの冒険者を雇って来ているケースもあるくらい」

「国が？」

　まあ、うちも似たようなものだけど。

「あなたたちは――年齢的にも、そんな大役を任されるはずがないわね。一攫千金《いっかくせんきん》狙いってところかしら？」

「ま、まあ、そんな感じです」

　下手に魔法兵団の名前を出しても面倒なことになりそうだし、ここはこれでいいかな。

「金を稼ぎたいって気持ちは分からなくもないけど……ただ、ハリケーン・ガーリックを入手するのは極めて困難。最初からダメもとのつもりでやらないといけないわよ？」

「そ、そんなに難しいんですか？」

「手強いモンスターもいるし、そもそもこの谷自体が曲者《くせもの》でね。本気で手に入れたいと思うなら、入念な準備が必要よ」

「……みたいですね」

　バドスさんとの会話中、俺は視線を感じていた。

　それも、ひとつやふたつではない――このギルドにいる冒険者のほとんどが、バドスさんと話す俺たちへ視線を送っていた。恐らく、彼らは全員、ハリケーン・ガーリックを探すライバルだ。

　それにしても、これだけの人たちが狙っているとは……うちで栽培しているサンダー・パプリカとかフレイム・トマトも、ハリケーン・ガーリックと似たような魔力付与効果を持っているけど、本来、この手の野菜を入手しようとしたら、これくらいのライバルと争わなくちゃいけないんだな。

あと、うちの場合は魔力付与以外にも身体能力向上や疲労回復といった効果を持つ野菜も栽培している。

レジナルド騎士団長やディアーヌ魔法兵団長が関心を持つのも無理ない話か。

改めて、俺はダンジョン農場の存在価値を確認できた。

「あなたたち、本気でハリケーン・ガーリックを手に入れたいの？」

「もちろんです！」

「必ず手に入れてやるんだから！」

気合全開のマルティナ＆キアラの言葉を耳にしたバドスさんは、何かを決意したように頷くと、両手をパンと軽く合わせて笑顔を見せる。

「気に入ったわ！　あなたたち健気《けなげ》で可愛いから、特別に応援しちゃう！」

そう告げた後、部屋の奥から何かを持ってきて俺たちへ差しだす。

「これを持っていきなさい」

上機嫌のバドスさんが渡してくれたのは、嵐の谷の全体図を記したマップだった。

「これがあれば迷子にならずに済むわよ。——もっとも、これはどこでも売っている物だから特別感はないけど……軽いサービスだと思って」

「ありがとうございます！　助かります！」

「それから、他の冒険者から寄せられたハリケーン・ガーリックの情報に関してはあそこの掲示板に張りだしてあるから、好きに見て頂戴ね」

「はい！」

　めちゃくちゃいい人だな、バドスさん。

　とはいえ、ギルドとしても、価値のあるハリケーン・ガーリックを持ち帰った冒険者がいるというのはいい宣伝になるし――まあ、それを抜きにしても、わざわざこうしてアイテムを無償提供してくれるんだからありがたい存在であるのは変わらないかな。

　俺たちはバドスさんに礼を言うと、早速その掲示板へと向かい、最新の情報をチェックすることに。

「たくさんあるのねぇ」

「どれから目を通したらいいのか、迷いますね」

　シャーロットとマルティナが言うように、掲示板に並ぶ情報の数は、事前に想定していたものよりずっと多かった。嬉しい反面、これをひとつひとつ当たっていくのはなかなか骨だな。

「俺たちが特に注意したいのは、谷に出現するモンスターの存在だ。それに関する情報ってないかな」

「モンスター……ねぇ」

　そう呟いたキアラの視線は、自然とシモーネに向けられた。

　以前、そのシモーネが、とある森に巣くった昆虫型モンスターを一瞬で蹴散らした時のことを思い出しているのだろう。

確かに、シモーネは強い。

何せ、ドラゴンだからなぁ……うちのメンツでは、これ以上ないくらい強力な存在だ。

嵐の谷におけるモンスターの出現情報も掲示板に張りだされていたが、そのリストにあるモンスターたちが束になってかかってきても、ドラゴン形態となったシモーネによって一蹴されるだろう。

――ただ、必ずしも常にあの力が発揮できるとは限らない。

それに、話に聞いた強いモンスターの情報がひとつも載っていないというのが気になる。

不測の事態が発生し、シモーネが万全の状態でなくなることも考慮しなくてはならないのだ。特に彼女の場合は、戦闘力こそ高いものの、怖がりというか、大人しい性格をしているため、メンタル面での不安もある。

その辺は原作ゲームで考慮されない点――つまり、言い方は変だけど、きちんと生きていて、この世界に存在しているからこそ浮き彫りになった課題と言えた。

「うちの戦力の中枢は間違いなくシモーネだ。……でも、シモーネにばかり頼りきりというわけにはいかない」

「言えておるのぅ。シモーネの身に事が起きてから動きだしたのでは手遅れなんてこともあり得る」

どうやら、ハノンはその辺の状況を理解しているようだ。

「それもそうですわね」

「常に非常事態への備えは万全にしていく……ダンジョン攻略の基本ですね」

「あうぅ……みなさんのご迷惑にならないよう頑張りますぅ」

「シモーネは何も悪くないのよ？」

他のみんなも、理解を示してくれた。

シモーネに関しては、余計な心配をさせてしまったかな？　でも、キアラがうまいことフォローしてくれたみたいで、すぐに立ち直れた様子。パーティー内の雰囲気は本当にいい感じだな。

気を取り直し、俺たちは再び掲示板へと目を通す。

すると、ついに例のモンスターに関する情報を見つけた。

それによると――どうやら、問題のモンスターというのは鳥型らしい。

「いわゆる怪鳥ってわけね」

「世界中で目撃例があるみたいですね」

「そのようじゃのぅ」

「わ、私も、ドラゴン状態で空を飛んでいるとたまに見かけました」

「討伐した例はないのかしら」

シャーロットが怪鳥の討伐情報を探していると、ある張り紙を発見する。

「あっ、こちらにありましたわ。別大陸での話のようですが……」

「怪鳥というだけあって、別大陸にも出現しているのか」

「これによると、討伐されたのは割と最近のことみたいですわね。——ですが、聞いたことのない土地ですわ」

「かなり遠くの大陸みたいだな」

気になるのはその討伐方法だ。

一体、どうやって怪鳥を倒したんだ？

読み進めていくと、あるキーワードが浮かび上がった。

「重力魔法で怪鳥を地面に釘付けにしたって書いてありますね」

「重力魔法、か……ふたりは使えるのか？」

俺はメンバーの中で魔法が使えるキアラとシャーロットへ尋ねるが、ふたりは首を横に振った。

「無属性魔法でも最強ランクの魔法よ、それ」

「どうやら、討伐したパーティーには相当な使い手がいたみたいですわね」

うーん……あのふたりがここまで言うくらいだから相当なものなのだろう。

同じ手段では怪鳥を倒せそうにない。

かといって、避けては通れない道だしなぁ。

「ねぇ、ベイル。続きは宿屋でゆっくり考えましょうよ」

キアラに言われてハッとなる。

気がつけば外は真っ暗で、バドスさんも「そろそろ店じまいをするわよ～」と周りの冒険者たちに呼びかけている。

「それもそうだな。――うん？　宿屋？」

……思い出した。

宿屋といえば――俺たちは同じ部屋で夜を明かすことになっていたんだった。

ま、まあ、その方が作戦会議もやりやすいし、ちょうどいいのかも。

そんなことを考えつつ、必要なことをすべてメモし終えた俺たちは、作戦を練るために宿屋へと戻ることにしたのだった。

一難去ってまた一難――と、言うべきか。

通りすがりの紳士（？）によって、俺たち六人はこの高級宿屋の同じ部屋で一夜を明かすこととなった。

さすがにもっとも高い部屋というだけあり、場所は宿屋の最上階。しかも、最上階には宿泊できる部屋がここしかないため、フロア全体を貸し切りにしているも同然だった。

「わあっ！　凄ぉい！」

部屋へ入って早々、マルティナが興奮しながら窓へと走る。

「景色も最高ですよ！」

「あら、本当ですわね」

ついていったシャーロットも、窓から見える景色に釘付けになっている。ここは小高い場所にあるから、町の様子が一望できるんだよな。

「さすがに高級とうたうだけあって、内装も豪華じゃな」

「本当ですねぇ」

ハノンとシモーネのふたりは、部屋の中をじっくりと見て回っていた。いつもはここよりもずっと安い宿屋だからな。きっと物珍しいのだろう。

「ふむ……掃除は行き届いているようですね」

クラウディアさんは指先で窓の縁をなぞりながら、埃のチェック。もはやその姿は姑《しゅうとめ》そのものだ。

と、ここでひとり足りないことに気づく。

「あれ？」

キアラだ。

キアラの姿がどこにも見えない。

どこへ行ったのかと捜していたら、隣にある部屋にその姿を発見。どうやら、そこは寝室のようだった。

「へぇ、こっちは寝室なのか～」

「っ!?」

俺が部屋へ入ると、キアラの方がビクッと跳ねた。

何をそんなに驚いているのかと思ったら――

「あっ」

完全に忘れていた。

この部屋は十人で泊まっても余裕があるくらいとても広いのだが、ひとつだけとんでもない欠陥というか、余計な配慮がなされていた。

それは……ベッドがひとつしかないということ。

もちろん、大勢での宿泊を想定しているため、たったひとつしかないベッドはとてつもなく大きい――が、六人でこのベッドを使うとなったら、さすがに狭いだろう。相当密着しないといけないな。

恐らく、キアラとしてはあの場のノリと勢いで一緒の部屋での寝泊まりを許可したのだろうが……こうして現実を形にして見せられたことで意識してしまったのか。

……これ、他のメンバーにも同じ現象が起きそうな気がする。

マルティナとハノンは意外と大丈夫そう。

シモーネは死ぬほど恥ずかしがるだろうなぁ。

シャーロットは――本人よりむしろお兄さんの方が大変そうだ。

しかし、そのお兄さんであるローレンスさんは、現在またしても急な遠征のため移動中なのだそう。

しかも、騎士団が所有する飛行艇に乗り込んで他国へと向かうらしい。

さすがにあの人でも、大空を飛ぶ飛行艇から飛び降りてまでここへやってくることはないだろう。

◇◇◇

同時刻。

騎士団が所有する飛行艇内部にて。

「ど、どうされました、ローレンス殿!?　今にも死にそうな顔色ですよ!?」

「分からん。……だが、今すぐこの飛行艇から飛び降りて、妹に会いに行かなければいけない気がする」

「こんな上空から飛び降りたら死にますよ!?」

「分かっているが……ダメだ！　俺は降りる！」

「ちょっ!?　誰か！　ローレンス殿を止めてくれ！」

◇◇◇

「っ!?」

な、なんか寒気を感じたけど……気のせいだよね？

「それより……どうしたものか」

みんながこの部屋の存在に気づいてやってきたらどうなるか。

いくら大きい部屋とはいえ、さすがに寝室の状態はすぐみんなへと知れ渡ることになる。とりあえず、俺がみんなと一緒に寝るのはまずいから毛布にくるまって床に寝ると提案した――が、

「「「「却下」」」」

間髪容《い》れずに声が揃った。

いつも仲がいいけど、この時ばかりはそういう関係を超越した一体感のようなものがあった。

……他人事《ひとごと》のように考えている場合じゃない。

「とりあえず、ベイルは真ん中で寝るとして……」

いきなりキアラが追い打ちをかける。

さらに、全員がそれで納得しているかのように「うんうん」と頷いていた。それでいいのかよ。

「問題は……両サイドね」

「それについてですが、ひとつはわたくしということでよろしいですわね？」

当たり前だと言わんばかりに胸を張って主張するシャーロット。だが、これにすぐキアラが異論を唱えた。

……これではちょっと前にあったロビーでの状況と変わらないな。

「なんで決定みたいに語っているのよ！」

「わたくしはベイルさんの婚約者ですから当然ですわ！」

「元でしょうが！」

「別に、ベイルさんのことが嫌いになって婚約を解消したわけではありませんし――」

「じゃあ、好きなんですか？」

「っ!?」

キョトンとした顔で、マルティナが派手にど真ん中を射貫《いぬ》いた。

恐らく、本人的には純粋な疑問なんだろうけど……「このタイミングでぶっこんでいくのか」というのが全員の本心だろう。俺も含め、みんな驚きの表情を浮かべているし。

「す、好きとか嫌いとか、そういう問題ではなくて――」

「嫌いなんですか？」

「ぐっ……」

マルティナ、意外としつこい。

というより……なんだかいつもと様子が違うような？

普段ならもうちょっとあっさり引き下がる気がするんだけどな。

「な、なんだか、マルティナさん、いつもと様子が違いませんか？」

「……愛の力じゃよ、シモーネ」

シモーネも俺と同じ疑問を持ったようだが……ハノンの見解はちょっと違うんじゃないかなって思う。マルティナのことだから、そういう意図はないように思うけどなぁ。

ともかく、このままでは埒《らち》が明かないのでクジ引きで場所を決めることとなった。

「恨みっこなしよ！」

「望むところですわ！」

「いざ、勝負ですね！」

「わわわ……」

「何が出るのか、楽しみじゃのぅ」

五人はそれぞれ違った表情でクジ引きに挑むこととなった。

その様子をワクワクしながら見守るクラウディアさん。

……いい趣味しているよ。

結果が分かるまで、なんとなくその場にいてはまずいと思った俺は外の景色でも見ていようと窓へ近づくと、

「あれ？」

そこから見える風景に、違和感を覚えた。

「なんだ……？」

薄暗い宿屋の裏庭に、何かうごめく影を見つけた。

それが無性に気になった——というより、なんだか嫌な予感がした俺は、みんなの目を盗んで部屋の外へ出ると裏庭へと向かった。

裏庭は静寂に包まれていた。

月明かりのみを頼りに辺りを見回してみるが……人の気配は感じないし、特に怪しい場所も見受けられない。

「気のせいだったのか……？」

変な緊張感があったから、見間違えたのかもしれない。

そう結論づけて部屋へと戻ろうとしたら、

「っ!?」

突如、体が動かなくなる。

これは——拘束魔法か!?

「ぐっ!?」

迂《う》闊《かつ》だった。

ちょっと部屋にいづらくなったっていう理由があったにしろ、ひとりでのこのこ外へ出てくるなんて……もっと考えて行動するべきだった。

――後悔しても遅い。

俺を拘束したヤツは一体何者なのか。

そして、その目的とは。

すべての謎を解き明かすため、俺は身動きがとりづらくなった体をなんとか動かして魔法をかけた相手を捜す――と、

「あーっはっはっはっ！　大！　成！　功！」

女の子の声がした。

しかもかなりデカい声……なんというか、さっきまで張りつめていた緊張感がブチッと音を立てて引きちぎれたように脱力してしまう。

現れたのは、想像していたよりもずっと若い――というか、幼い女の子だった。

褐色の肌に短めの黒い髪。

年齢としては十歳前後でハノンと同じか、少し上くらいかな。手には杖を持っていることから魔法使いだと思われるが……なんだか雰囲気がキアラやシャーロットとはだいぶ異なる。

「僕だってやればできるんだ！　もう誰にも落ちこぼれなんて言わせないぞ！」

胸を張って大笑いしながらそんなことを言う少女。

もしかしたら霧の魔女の手先かと心配していたが……どうやらそういうわけではないようだ。そ

もそも、あまり魔力を感じないし。あの喜びようから察するに、普段あまり魔法を扱わないのか？

――もしかしたら、この拘束魔法……解けるんじゃないか？

前にキアラから「いざという時のため」ということで教えてもらっていた解除魔法を試してみることにした。

とはいえ、魔法なんてまともに扱えないから、正直、三流以下の実力だが……試してみるか。

「はあっ！」

ほとんどダメ元だったが、なんと見事に成功して拘束魔法を弾《はじ》き飛ばす。

「えぇっ!?　なんでぇ!?」

女の子は目を見開いて驚いた。

「情報では魔法はサッパリだったはずなのに！」

「いや、確かにほとんど使えないぞ」

「だったらどうして！」

「それは――」

「君の魔法がお粗末だったからだよ」、と告げるのはためらわれた。なぜなら、女の子は大きな瞳に涙をため、悔しそうにこちらを見つめていたからだ。

……本当に……調子狂うなぁ……何者なんだ、この子は。

状況からして、相当緊迫した場面だと思うのに、彼女の言動のせいでそれがほとんど感じられなくなってしまう。こちらを油断させるため、狙ってやっているというなら逆に凄いと思うが、今のところそんな感じもないんだよな。

一応、拘束はされたけど、悪い子じゃない気がするんだよなぁ。もしかしたら、誰かにそそのかされてこのような行動に出たとか？

謎が謎を呼ぶ中、俺は少女になんて声をかけたらいいか思案中。

その時、

「ベイル！　何かあったの!?」

俺が部屋からいなくなったことに気づいてキアラたちが裏庭へとやってきた。

「みんな！」

俺はこの女の子のことを告げようとした――が、なぜかみんな一様に驚愕《きょうがく》の表情を浮かべている。

「あ、あなた……あたしたちがいながら、別の女の子と何をしていたの？」

「へっ？」

……うん？

ひょっとして、あらぬ方向に誤解している!?

「ま、待ってくれ！　俺はこの子に拘束魔法をかけられていたんだ！」

「そうだ！　僕はその男が欲しい！　だから拘束したんだ！」

「ほ、欲しい!?」

「君はちょっと黙っていてくれない!?」

ただでさえややこしい状況なのに、それをさらに悪化させる発言をする女の子。

みんな集まったわけだし、訳を説明して状況をしっかり把握しないと。

「くっ！　さ、さすがの僕でも、この数は対応しきれないな。仕方がない。今日のところは出直して――」

「お待ちなさい」

逃げだそうとした女の子は、シャーロットの拘束魔法によってあっさり捕獲されてしまった。

「な、何これ!?」

「拘束魔法ですわ。――って、あなたも魔法使いならそれくらいご存じなのではなくて？」

「僕の拘束魔法より発動が速いし、しかも全然解除できない！」

「っ！　と、当然ですわ！　このシャーロット・ブラファーの魔法ですもの！　そう簡単には解除できませんわ！」

ここぞとばかりに自慢しだすシャーロット。

そういえば、あの学園ではボッチで、課題を提出し忘れかけたけど、キアラと並んで優秀な成績を修めている研究生なんだよな。

「でかしたわ、シャーロット。――それじゃあ、いろいろと聞かせてもらおうかしら」

「ひぃっ!?」

迫りくるキアラに怯《おび》える謎の少女。

狙われていたとはいえ、なんだかだんだん可哀想になってきたな。

「え、えっと、キアラ？　穏便《おんびん》にね？」

「分かっているわよ」

「とりあえず――シモーネ。ドラゴン形態になって」

「全然分かってなくない!?」

あと、こんな狭い場所でシモーネがドラゴンになったら宿屋が吹き飛ぶ！

静かな怒りに燃えるキアラをなだめつつ、俺たちは一度部屋へ戻り、仕切り直すことにした。

部屋へ着くと、少女はまず手近なイスへと座らされる。

そして、キアラによる尋問がスタートした。

「まず、あなたの名前は？」

「ア、アイリアって言います」

すっかり怯えてしまっているアイリアという名の少女。

しかし……こうして見ても、この子が悪いことをするようには見えないんだけどなぁ。誰かにそそのかされた可能性も十分ある。

というか、そもそもなぜ俺を狙ったんだ？

拘束魔法をかけた直後の反応を見るに、最初から俺を狙っていたようだが……かといって、狙ってきそうな相手の本命である霧の魔女が仕掛けたとも考えられなかった。

仮に、霧の魔女が俺を狙おうとするなら、エーヴァ村やネイサン村でやったように、もっと手が込んでいて回りくどく、それでいてもっと大勢を巻き込んだやり方をするんじゃないかな。

「さて……どうしたものかしらね」

「理由はどうあれ、ベイルさんも危険な目に遭わせようとした罰は……重いですわよ」

「っ!?　ご、ごめんなさい！」

身動きの取れなくなったアイリアは謝罪を繰り返す――が、キアラとシャーロットのふたりが腕を組んで睨《にら》みを利かせている。

さすがにそろそろ止めた方がいいのかな、と思って近づこうとした俺よりも先に動いた人物がいた。

「まあまあ、落ち着かんか、ふたりとも」

珍しく場を仕切るような言動で現れたハノン。

後ろにはピタリとシモーネがくっついている。

「その者の処罰じゃが……ここはひとつ、水竜状態となったシモーネに丸飲みさせるというのはどうじゃろうか」

「「えっ？」」

予想もしていなかった提案に、キアラとシャーロットは素の反応を見せた。というか、ドン引きしている。

「何もかみ砕いてバラバラにしてやろうというわけではない。水竜となったシモーネならばアイリアくらいひと飲みでイケるじゃろ」

「イケると思います！」

なぜかヤル気満々のシモーネ。

——ここで、俺たちは気づいた。

ハノンはともかく、あのおとなしいシモーネがここまでノリノリになるなんてあり得ない。つまり……これは本気ではなく、ドッキリみたいなものだ。

そのドッキリに、

「あわわわわ……」

アイリアは見事にハマった。

無理もない。

人間の姿をしているとはいえ、シモーネには大きな尻尾《しっぽ》があるし、今は瞳が完全にドラゴンのものとなっている。よく見たら、歯もギザギザでドラゴン仕様だ。

「ふっふっふっ！　それでは早速おいしくいただきましょうか。がお～！」

「ひいいいいっ!?」

だんだん楽しくなってきたのか、普段ではなかなか見られないくらいシモーネのテンションは上がっていた。

それを真に受けてビビりまくるアイリア。後ろではマルティナが温かな眼差《まなざ》しで見守っていた。もはや母親の貫禄である。

一方、ふたりのやりとりはしばらく続き、とうとう大きな場面を迎える。

「さあ、この恐ろしい水竜に食われたくなければお主の秘密を話すがいい」

「は、話したら……食べない？」

「それはあなた次第ですねぇ」

悪い顔をしたハノンとシモーネがアイリアへと迫る。

その迫力に気圧《けお》されて、ついに真実を口にした。

「こ、ここに泊まっている男を拘束して連れてきたら、僕もパーティーに入れてくれるっていう冒険者がいて……」

「男？　――あっ」

そうだ。

この部屋は、もともと俺たちが泊まる予定じゃなかった。

あの紳士が譲ってくれた部屋だ。

狙われていたのは俺ではなく、あの紳士だったのか。

「あぁ……非常に言いづらいんだけど――人違いだよ」

「へっ？」

「俺たちはこの部屋を譲ってもらったんだ。……たぶん、君が狙っていたのはそっちの人じゃないかな？」

「そ、そんなぁ……」

へなへなと力なくその場にしゃがみ込んでしまうアイリア。

ただ、これは彼女にとって幸運だったのかもしれない。

あの紳士は、やはり只者《ただもの》じゃない。詳細は不明だけど、きっとどこかの貴族だったり、名のある商人だったりするのだろう。

それだけの大物となれば、きっと近くに護衛の者がいるはず。彼らは俺たちと違って容赦しない。監獄行きという最悪の結末があったかもしれない。

本人的には大失敗でも、トータルで見たらギリギリ踏みとどまったと見た方がいいんじゃないかな。性格はいい子みたいだし。

俺はそのことをアイリアへ伝える。

さらに、説得にはクラウディアさんも加わってくれた。

ひと回りほど年齢が離れていて、さらに優しい物腰のクラウディアさんは、アイリアにとって頼もしい存在となったようだ。

それにしても……許せないのはアイリアにおかしな話を吹き込んだその冒険者パーティーだな。

彼らにはしっかり責任を取ってもらうことにしよう。

アイリアからさらに詳しい話を聞こうとしたが、さすがにそろそろ眠くなってきた。

彼女が悪い人間でないことは分かったので、ここは睡眠を取ろうと寝室へ向かうことに。

「わ、わあぁ……こんなベッドで寝ているんだぁ……」

いきなり誤解を招く超特大サイズのベッドを目《ま》の当たりにして、アイリアは表情を引きつらせる。

……そういえば、こっちの問題がまだ宙ぶらりんの状態だったことを忘れていたよ。

「それじゃあ、俺は床にでも――」

「シモーネよ」

「はい！」

ハノンが指をパチンと鳴らすと、シモーネが俺を羽交い締めにしてベッドへとダイブする。

しまった。

完全に油断していた。

「シ、シモーネ!?」

「ごめんなさい、ベイルさん。――でも、一度でいいからみんなで一緒に寝てみたくて」

「……分かったよ」

瞳に涙をためてそう訴えかけるシモーネ。

――その表情は反則だ。

断れるわけがない。

シモーネの純粋な想いを打ち明けられて、俺は抵抗をやめた。

「まあ、今日くらいはいいかな」

「ベイルさん！」

「言質《げんち》は取ったわよ！」

俺の発言をきっかけに、まずはキアラがベッドへ。さらにシャーロット、マルティナと続き、

「お主も入れ」

「へっ!?」

ハノンがアイリアを誘う。

「で、でも……」

「何じゃ？　ベイルのことなら問題ない。こういう時は安全な男じゃ」

どういう意味だよ。

思わずツッコミを入れそうになったけどグッとこらえる。アイリアの心が大きく動き始めているのを感じたからだ。

しばらく俯《うつむ》いていたアイリアだったが、

「僕は……ベイルを……」

「あれは勘違いじゃった。それに……何か事情があって、このようなことに手を染めたのだろう？

お主が悪い人間でないことはよく分かっておる」

「ハノン……」

驚いた。

あのハノンがお姉さんをしているとは。

まあ、彼女が悪い人間じゃないっていう点に関しては俺も同意見だ。

冒険者となるため、仲間探しに必死で、悪い連中にそそのかされたってことだろうし、俺としてはもう危険性がないと分かったんで特に大事にしようとは考えていない。

ただ、アイリアには罪悪感があるようだ。

——と、思っていたのだが、どうやら理由はそれだけじゃないらしい。

「僕はずっとひとりで暮らしていたから、こんな風に誰かと一緒に寝るなんて今までに経験がなくて……」

こんなに大人数で賑《にぎ》やかに過ごすということ自体が、これまでに経験がないことのようで、どうしたらいいのか分からないというのが偽りのない本音だったようだ。

それを聞いたハノンは優しげに笑い、

「お主の好きにしたらいい。何をどうしたいのか、自分の意思で決めるのじゃ」

「僕の意思……」

その言葉は、アイリアの胸に深く突き刺さったようだ。

そして、

「えいっ！」

意を決してベッドへと飛び込んできたアイリア。

どうやら、これが彼女の望んでいた行動ということらしい。

「それでいいんじゃ」

「ありがとう、ハノン」

「ワシはただ助言をしただけじゃよ」

うーん……とてもうちで一番年下とは思えない貫禄——厳密に言うと、種の頃からこの世界を見てきたということなので、実際はもっと年上なのだけど、それでもあそこまでどっしりしているのは驚く。

この行動でいろいろと吹っ切れたアイリアは、改めて俺に謝罪をし、明日の早朝に待ち合わせをしている依頼主の冒険者たちに今回の件を断ると告げてくると宣言した。

しかし、相手が相手なだけに、すんなり終わるとも思えないので、それには俺たちも同行することにした。

というか、そんな連中を放ってはおけない。

とっ捕まえて騎士団に差しだしてやる。

こうして、いろいろとあった夜はようやく静寂を取り戻し、俺たちはひとつのベッドで眠りにつくこととなった。

第六章　嵐の谷を攻略せよ！

「うあ……？」

朝。

何か、体が思うように動かない。それになんだか重量感があるような——

「っ!?」

目の前の光景に、思わず息が詰まった。

キアラ、マルティナ、ハノン、シモーネ、シャーロット、そしてアイリアの六人と同じベッドで寝ている。どこを向いても、誰かしらの顔が目の前にあるのだ。

幸い（？）にもまだ誰も起きてはいないようだったので、極力体に接触しないようにベッドを抜け出る。

危ない……昨日はいろいろあって疲れていたからすんなり寝ることができたけど、今日もこの調子だと一睡もできそうにないな。

「本日はしっかりと部屋をキープしておきませんと、いつベイル様が覚醒されるか分かりませんからね」

「そうですね——って、うわぁっ!?」

俺よりも早く、クラウディアさんが目覚めていた。

ベッドから少し離れた位置にイスを置き、そこで足を組みながら座っている。

「……あの」

「なんでしょうか?」

「何をしているんですか?」

「愛《め》でています」

即座に返された——が、よく意味が分からない。

「愛でているって……何を?」

「これまでに見ることができなかったか、幸せそうなお嬢様の姿です」

「えっ?」

クラウディアさんの言葉を聞いてから、ベッドで寝息を立てるシャーロットへと視線を移す。

「なるほど……これは目を奪われるな」

眠っているシャーロットの表情はとても穏やかで、クラウディアさんの言うようにとても幸せそうに映った。

「何かと苦労が多かったですからね」

長らくシャーロットを見続けてきたクラウディアさんには、思うところがあるのだろうな。

とりあえず、先に起きてササッと着替えを済ませると、ちょうどそのタイミングを見計らったようにまずマルティナが起床。続いて、シモーネ、ハノン、シャーロット、アイリアと続き、一番遅かったのはキアラだった。

「みんな起きるの早くない!?」

「あなたが寝坊助《ねぼすけ》なだけですわ」

シャーロットに一蹴されるキアラ。

まあ、ツリーハウスでも起きてくるのは遅い方だから、至っていつも通りの光景といえばその通りなんだけど。

全員が起床したところで、身支度を開始。

いよいよ嵐の谷へ本格挑戦をする——が、それよりも前に、俺たちにはやるべきことがあった。

そのやるべきことを果たすため、朝食をとってから宿屋を出た。

アイリアに危険な依頼をしてきたという三人の冒険者と会うためだ。

成果を報告するために待ち合わせをしていた場所は、人目にはつきにくい町の外れにある廃墟《はいきょ》と化した教会の前だった。

到着すると、そこにはすでに男三人が俺たちを待ち構えていた。

最初は怪訝《けげん》な表情を浮かべていた男たちだが、アイリアの姿を発見するとニヤニヤしながら近づいてくる。こっちが若造と女性ばかりのパーティーだからか、思いっきり見下している感じがするな。

「おい、アイリア。誰なんだよ、そいつらは。おまえ、ずっと単独で動いているんじゃなかったのか？」

「そ、それは――」

「俺たちは彼女の仲間だ」

男たちの前に立ちはだかるような形で移動し、そう言い放つ。

「怪しい連中に危険なマネをさせられそうになっていることを知って、それを止めに来たんだ」

「何っ？　て、ことは……失敗したってことか」

俺の言葉を耳にした男たちは不思議そうに顔を見合わせた後、不敵な笑みを浮かべた。

「威勢がいいな、兄ちゃんよ」

ひとりの男が一歩前に出る。

恐らく、こいつがリーダーなのだろう。

「どういった事情でそいつに加担したのか知らねぇが……運が悪かったな。俺たちはおまえみたいなガキにも容赦しねぇ」

男は懐から大きなナイフを取りだすと、カバーを外して刃先をこちらへ向けた。

「こいつで切り刻まれたくなかったら、おまえがするべき行動はひとつしかねぇよなぁ」

「と、いうと？」

「周りの女たちを追いてさっさと失《う》せな」

手下と思われるふたりの男も、下卑《げび》た笑みを浮かべてこちらを見ている。

「俺はあのオレンジの髪の女からいただくぜ」

「なら、俺はあの金髪の女だ」

最初の標的となったマルティナとシャーロット。

ふたりは男たちの視線に気がつくと、ゾゾゾッと体を震わせていた。

当然ながら、ふたりはもちろん、こちらのメンバーには誰ひとりとして指一本触れさせない。

そのためにも、

「なら……俺はこれで」

竜樹《りゅうじゅ》の剣《けん》を抜いて、男たちと対峙《たいじ》する——と、

「「「ぶっはははははは!!」」」

男たちは一斉に笑い始めた。

「な、なんだ、その武器は！」

「木でできたおもちゃかよ！」

「もっとマシな武器は買えなかったのか？」

完全にバカにしているな……今に後悔するぞ。

俺は手にした竜樹の剣を地面へと突き刺す。

すると、地中を無数の根が走り回り、それらはやがて男たちの足元までやってくると、一斉に地上へと姿を見せた。

「な、なんだ!?」

気づいた時にはもう遅い。

竜樹の剣によって生みだされた根は、あっという間に男たちをがんじがらめにして動けなくしてしまう。

「捕獲完了」

「何しやがんだ、てめぇ!」

「騎士団へ差しだすために身柄を拘束しただけだよ」

「「き、騎士団!?」」

男たちの顔が一気に青ざめる。

どうやら、ヤツらのやらかしは今回だけじゃなさそうだな。

その後、必死に抵抗を試みたが結局意味はなく、キアラの使い魔によって事態を把握した騎士団によって男たちは連行されていった。聞くところによると、他にも余罪が山ほどあるらしい。

騎士たちが去った後、これまでの事情を説明し終えたアイリアが俺たちのもとへやってくる。

実際に行動を起こした彼女にも追及はあったが、その辺りは俺がなんとか説得して、身柄を預かるということでお咎《とが》めなしとなった。これに関しては、俺が特務騎士だということもおおいに役立った。

「あ、ありがとう、助かったよ」

戻ってくるなり、深々と頭を下げるアイリア。

――でも、本題はここからなんだよなぁ。

彼女が戻ってくるまでの間、俺たちはずっと話し合っていて、その結論を彼女にぶつけた。

「アイリア……俺たちと一緒に来ないか？」

悪党たちが騎士団によって連行されていく光景を見送った後、俺はアイリアに向かってそう提案した。

彼女は魔法使いを目指して修業を積んでいたそうだが、それはすべて独学によるものであり、知識は拾い集めた魔法の書から得ているという。

だから、俺にかけた拘束魔法も威力はいまひとつだったのだ。

そこで、キアラは自身が通っている魔法学園に入学してみてはどうかとこっそり俺に話していたのだ。そのことも伝えたら、

「ほ、本当に……いいの？」

アイリアはポカンと口を開けながら、そう言った。

なんというか、信じられない現象を目《ま》の当たりにした子どもみたいな——そんなリアクションだった。

「まあ、厳密に言うと全員が冒険者ってわけじゃないけどね」

「私とキアラちゃんはよくダンジョン探索していますよ！　でも、もうひとりメンバーが欲しいと思っていましたから、一緒にやってくれるというならとっても嬉しいです！」

「間違ってはいないけど……あたしは冒険者じゃないわよ？　そりゃあ、マルティナに付き合ってほとんど毎日探索してはいるけど」

それが原因で課題を忘れかけていたくらいだしね。

ともかく、全員がアイリアを歓迎していたし、その気持ちは彼女にもしっかり伝わったようだ。

「あうぅ……よろしくお願いしますぅ！」

泣きじゃくりながら、アイリアは再び深々と頭を下げた。

冒険者として一歩を踏みだしたばかりの彼女は、誰ともパーティーを組めなかった。積極的に声をかけていったが、魔法や剣術もまだまだ未熟で、足手まといと見られることが多かったらしい。

だから、こうして誘われるというのは初めての経験だったという。

結局、一度アイリアを落ち着かせるため、嵐の谷へ進むのは一旦保留。

近くの林へと場所を移すことにした。

落ち着いたアイリアに、俺は嵐の谷の情報を聞いてみた。

すると、意外な事実が判明する。

「嵐の谷？　それなら詳しいよ、僕」

「本当か!?」

「あの谷にはよく行くんだ」

なんと、アイリアは実際に嵐の谷へ足を運んだことがあるらしい。

しかし……暴風が吹き荒れるあの地に、まだ十歳のアイリアが単独で入り込めるとは到底思えなかった――が、だからといって嘘をついているようにも見えなかった。

「よく行くって……あそこは危険だろ？」

「常に強風が吹き荒れている場所ではあるけど、それさえ注意していれば特にこれといって危険はないんじゃないかな」

「でも、強力なモンスターもいるんでしょ？」

「モンスター？」

キアラの質問に対し、アイリアは不思議そうにカクンと首を傾《かし》げる。

……うーん。

事前にもらった情報と彼女の証言にはいくつか噛《か》み合わない点がある。

ハリケーン・ガーリックを入手する際には、そのモンスターこと巨大怪鳥は避けて通れないくらいの存在だったはず。

それにもかかわらず、嵐の谷へよく行くというアイリアは、ギルド内でも要注意扱いされているそのモンスターを認識していない。

これは一体どういうことだろうか。

もしかしたら、彼女が偶然見つけた、ゲームにも実装されていない隠しルートがあるのかもしれない。

「……行ってみれば分かるか」

すべての謎は、嵐の谷へ行けば解ける。

新たにアイリアを正式に加えて、俺たちは今度こそ問題の嵐の谷へ向けて出発した。

道中の案内役はそのアイリアが務める。

「こっちだよ」

彼女が先頭になって、俺たちを導いてくれるのだが……その道のりはなかなか険しかった。

モンスターに遭遇したわけじゃないが、強風に加えて足場が悪く、進むのに苦労する。だが、アイリアはそんな状況をまったく苦にせず、軽い足取りでドンドン先へ進んでいった。

「軽快だな、アイリアは」

「ほとんど毎日このルートを通っているから、慣れちゃっているのかも」

簡単に言ってのけるけど……これはなかなかキツイぞ。現に、あのマルティナでさえ息が上がり始めている。平気な顔をしているのはメイドのクラウディアさんくらいだ。

「大丈夫？　ここからさらに風が強くなるけど……」

「えっ？　そ、そうなのか？」

アイリアの放つ衝撃の事実により、後方でぐったりしているメンバーの顔色がさらに悪くなる。

「こ、これは……想定以上だな」

「でも、まだまだ序盤ですよ」

マルティナの言う通り、地図によればまだ序盤も序盤の位置。ここからさらに険しい道のりが待っているのだ。

「うぅむ……」

俺は悩んだ。

今の状態のまま、これ以上進むのは危険かもしれない。

気になっているのは例の巨大怪鳥だ。

アイリアは目撃していないと言っていたが……あれだけの数の冒険者から情報が集まっているとなると、単なるガセ情報ってわけでもなさそうだ。

だとしたら、今のチーム状況は望ましくない。

ここらで少し休憩しておこう。

そのことをアイリアへ相談しようとしたのだが、

「こっちだよ！　あとちょっとだから！」

案内役を買って出てくれたアイリアは、少し急いでいるようだ。

俺たちをある場所へと先導してくれているようだが……どこへ行こうというのだろうか。

ハリケーン・ガーリックがあるとされる場所はまだまだ先だが、まるでもうちょっとでゴールだと言わんばかりだ。

――俺の予想は半分当たっていた。

「あれ？」

ある地点にたどり着いた時、突然強風が止《や》んだ。

「えっ？　どうなっているんだ？」

「まるで風が消え去ったようじゃな」

「不思議ですぅ」

ハノンとシモーネも、いきなりの環境変化に戸惑っていた。

一方、ここまで案内してくれたアイリアは得意げに語る。

「でしょ？　世間じゃ暴風が吹き荒れるから嵐の谷と言われているけど、あるルートを通ると風の影響をまったく受けなくて済むんだ」

「そ、そうだったのか……」

……思い出した。

ゲーム内での嵐の谷の攻略方法がまさにそれだ。

なんで今まで忘れていたんだよ……。

「でも、よく知っていたな」

「何度も足を運んで調べていたからね。——この情報を手土産にパーティーへ入れてもらおうとしたんだけど、誰も信じてくれなかったんだ」

　さっきまでドヤ顔だったアイリアの表情が曇る。

　どうやら、辛《つら》い過去を思い出させてしまったようだ。

「でも、今は君の情報は俺たちに大きく役立っているよ。おかげでみんなの体力を回復させられそうだ」

　風が止めば、休憩の効果も上がるってものだ。

　早速、俺たちは大きな岩場の陰へと身を寄せて、そこで休憩することに。

「周辺の警戒は私がしますので、みなさんはゆっくり休んでください」

「僕も行くよ」

　未だに疲れ知らずのクラウディアさんと、体力的に余裕があるアイリアが見張り役を買って出てくれた。おかげで、俺たちはゆっくりと岩陰で休める。

「それにしても、小柄なのに凄い体力ね」

呼吸を整えながら、キアラが呟く。

それはアイリアのことだろう。

「俺たちも負けてはいられないな」

「ですね。体力を回復して、さらに奥へ進みましょう」

「ワシもその意見には賛成じゃが……時間は大丈夫かのぅ」

ハノンに指摘され、俺は空を見上げる。

原作ゲームや魔法兵団からの情報通り、嵐の谷のこの辺りは曇天で時間の経過が分かりづらくなっている。

けど、アイリアが騎士団から解放されたのは昼過ぎだった。

移動時間を考慮すると、ボチボチ夕方くらいになるだろうか。

夜には辺り一帯真っ暗になるだろうし、そろそろ泊まる準備を始めた方がよさそうだ。

ちょうどここは岩陰で姿を隠しやすく、近くには湧水がある。下手に移動するよりもここを拠点にすべきだろう。

俺は見張りをしているアイリアとクラウディアさんのもとへ行き、今日はここをキャンプ地にすることを伝える。

岩陰に戻ってくると、まずはモンスターの襲撃を警戒して周辺に結界魔法を展開し、安全を確保する。それから、協力して宿泊の用意を始めた。

「よし。それじゃあテントを張るか」

「私は夕食の用意に取りかかりますね」

「ああ、よろしく頼むよ、マルティナ」

「わたくしも手伝いますわ！」

　こうして、マルティナとシャーロットは食事係としての仕事を開始。昼間は軽めの携帯食だったけど、一夜を過ごすのなら体力回復の意味も込めてガッツリしたものを食べなくちゃな。

　残ったメンツは、テントの用意などを進めていくこととなった。

「くっ……疲労困憊《こんぱい》だというのにテントなんて……」

「まあ、そう言うなよ」

　事前に分かっていたこととはいえ、現状の体力を考えるとこれからテントを設営するのが億劫《おっくう》になるというキアラの気持ちはよく分かる。

　だが、ここでしっかりと寝る場所を確保しておかないと、あとで大変なことになるからな。

「ねぇ、竜樹の剣の力で何とかならない？　ほら、地底湖へ落ちたあたしを助けた時みたいに、植物の力を借りて」

「あぁ……」

　できないこともないが……それについてはあまり賛同できない。なぜなら、

「この先に強いモンスターがいるかもしれないから、魔力はできる限り温存しておきたいんだ」

脳裏に浮かぶのは、霧の魔女との戦闘だ。

さすがに、同等の力を持った者がこの辺りにいるとは思えないけど、あのモンスターの存在が気になるのは事実だ。

もしかしたら、相手は俺たちの想像を遥《はる》かに超えた強さを有しているかもしれない。キアラやシャーロットも魔法使いとしては上位クラスに入るだろうし、水竜シモーネもいるのだが……それでも、油断はできないからな。

「ベイルの考えにはワシも賛成じゃ。ここはワシらにとって未踏の地。万全の状態でない中、むやみやたらに歩き回るのは得策と呼べんじゃろう」

「ぐっ……」

ハノンの援護が決定打であった。

「……まあ、確かにそうよね」

キアラは納得してくれたようで、大きく息を吐いてから「よし！」と気合を入れるように声を出して作業を再開した。

「仕方ない！　回復魔法でコンディションを整えておきましょう！」

「ありがとう、キアラ」

「ほらほら、お礼よりも手を動かしてよ。竜樹の剣を温存しておくなら、早めにテントを立ててゆつくり休みたいんだから」

「そうだな」

疲労がたまっているのは事実だ。

俺としても、ここはゆっくり休んでおきたい。回復魔法も、できる限り使用回数に制限を設けておきたいところだ。

「それにしても……」

俺はテントの設置を急ぎながら、その場所から見える景色を眺めていた。

もうこんなに上まで来ていたのか……歩いている時は周りの景色にあまり変化がなかったから実感がなかったけど、本当に結構な距離を歩いてきたんだな。

移動中はみんなでアイリアの話を聞いていたから、時間の経過もあまり気にならなかったし。

「ねぇ、ちょっと、ここは縛って大丈夫なの？」

「とりあえずしっかり固定できればよいのではないか？」

「えぇっと……？」

テント設営素人の俺たちは、なかなか効率よく作業を進められないでいた。

一方、ここでも能力の高さを見せたのがクラウディアさんとアイリアのふたりだった。

クラウディアさんに関しては「あの人ならテント設営もやれるだろうな」っていうイメージがあったけど、アイリアの手際のよさには驚かされた。これもひとりで活動してきたからこそできることなのか。

「ベイル、あとはこれをそっちへ結ぶだけだよ」

「さすがの手際だな、アイリア」

「まあね。これまではひとりでやっていたけど……少しでもみんなの役に立ててよかったよ」

ニコッと微笑んだアイリア。

嵐の谷の曇天を切り裂くがごとく輝く笑顔――充実しているというか、心から楽しいって感じだな。

本領を発揮し始めたアイリアの手伝いもあり、テントは無事に完成。

だが、これですべて作業が終わりということではない。

何せ今回は全メンバーが集結しての旅。

少なくとも、あと四つはテントを設営しなければならないのだ。

その事実を知った瞬間、キアラは目を回していた――が、逆にこれで火がついたのか、さっきまでヘロヘロだったのに「やってやるわよ！」と逆に活力が湧いてきたようだ。

「さっきまで虫の息じゃったのに……どうしたんじゃ？」

「だ、大丈夫でしょうか……」

「問題ないよ。あれはあれでキアラらしいから」

「そ、そうなんだ……」

「そうですね」

キアラの様子を心配そうに見つめているアイリアだが、俺としてはキアラの性格を考慮するとああいう反応になってもおかしくないなと思ってしまう。

まあ、この辺もこれからの付き合いで徐々に分かっていくだろう。

逆にまだそれほど付き合いが深くないはずのクラウディアさんは綺麗に言いきったわけだが、よく考えたら彼女は学園でシャーロットとキアラのやりとりを見ているので、ある意味、俺たちよりキアラとの付き合いは長いと言える。

――などという話をしつつ、テント設営作業は続行された。

俺たちもだんだんと手順が分かってきたおかげで順調に進めていくことができたのだが、ここで料理担当のマルティナから、

「大変です、みなさん！　非常事態発生です！」

という緊迫した知らせが届いた。

最初は非常事態ということで身構えた俺たちだったが、どうもそれは今晩のメニューに関することらしい。

ちなみに、本日のメニューはダンジョン農場から持ってきた野菜のサラダに、保存食の干し肉。

さらに、シルバークックのゆで卵もついている。

しかし、これらの食料はあくまでもここへ来る前の人数で調整されている。

なので、あとから合流したアイリアの分まで用意できていなかった。

最初はみんなの分から少しずつ取り分けて、一人前を用意しようということになっていたが、他のメンバーも育ち盛りの年代ばかり。もともと多くない量がさらに減っては、きっと満足できないだろう。

それに、明日からハリケーン・ガーリックを求めて奥地へと入っていくため、食事をしっかりとっておきたいところだ。

そこで、足りない食材を補うため、竜樹の剣に頑張ってもらうことにする。

とはいえ、あまり無茶はできない。

さっき、キアラに魔力を温存しておくよう言った通り、俺もこれからのことを考えて節約しておかなくてはいけない。

なので、いつもみたく野菜を一瞬にして育てるのではなく、近くに食べられそうな木の実や山菜がないか、調べてみることにしたのだ。いわゆる探知魔法と原理は同じだが、あまり魔力を消費しないため、問題ないだろう。

「それじゃあ、追加の食材を探しに行くか」

「「「おぉ！」」」

テント設営を終わらせてから、俺とキアラ、ハノンにシモーネにアイリアの五人で辺りを見て回ることに。クラウディアさんは料理組の助太刀《すけだち》に行くためここで別れることとなった。

狙う食材は山菜やキノコを中心にしていく。

そっちの方が腹も膨れるだろうし。

ただ、特にキノコに関しては毒に注意が必要だ。

そこでこの竜樹の剣の出番。

こいつなら、毒のあるキノコとそうでないキノコの見極めが容易にできる。いわゆる鑑定魔法みたいな能力もあるのだ。

竜樹の剣の新たな能力を駆使して、俺たちはキャンプ地とした岩場近くにある森へと足を踏み入れた。

「ねぇ、ベイル。これは食べられる？」

「どれどれ……」

早速キアラがキノコを採ってきたので鑑定してみると――竜樹の剣の先端が赤く光りだした。

「これはダメだな」

「赤色に光るとダメなの？」

「あぁ。食べられるキノコは青色に光るんだ」

「ならばこいつはどうじゃ？」

今度はハノンが持ってきた大きめのキノコへ竜樹の剣をかざす。すると、先ほどとは違い、光は鮮やかな青色へと変化する。

「でかした、ハノン。そいつは正解だ」

「ならば、これと同じキノコを集めればよいな」

「そう簡単な話じゃないよ。同じに見えても、微妙に異なる物もあるからね。見つけ次第、俺のところへ持ってきてくれ」

「分かった」

徐々に夜の闇が迫る中、俺たちはギリギリまでキノコ狩りを続行し、持ってきた籠《かご》いっぱいに採ることができた。

「これだけあれば問題ないだろう」

キノコや山菜で溢《あふ》れそうになっている籠を持って岩場へと戻る。

「わあっ！　こんなにたくさん採れたんですか!?」

「さすがですわね」

「これだけあれば、食事のレベルが格段にアップします。――マルティナ様」

「はい！　燃えてきました！」

俺たちの持ち帰ったたくさんのキノコや山菜を見て、ふたりの料理人の魂に火がついた。

マルティナとクラウディアさんはそれぞれ鮮やかな手さばきで調理を進めていく。どうやら、マルティナがキノコ料理で、クラウディアさんは山菜を担当するらしい。

「できました！」

先に調理を終えたのはマルティナだった。

出来上がったのはキノコの串焼き。

ただ単に焼いただけでなく、持ち込んだ調味料やスパイスを使用しているので、食欲をそそられる匂いが辺りに立ち込める。

一応、結界魔法を張っているため、料理の匂いは外へ漏れないのだが、もしそれがなかったら辺りに潜むモンスターを引き寄せてしまうだろうと思えるくらいであった。

「さ、さすがはマルティナね」

「見ているだけで涎《よだれ》が出てきてしまいますぅ」

空腹のキアラとシモーネは、マルティナの料理に釘付けとなっていた。初めてマルティナの料理を目にするアイリアも、思わず凝視して「ゴクリ」と喉を鳴らしている。

「さすがはマルティナ様ですね」

一方、完成したマルティナの料理を眺めながら静かにそう語ったクラウディアさんだが、彼女の作った料理もまた実に食欲をそそる匂いをしていた。

その料理とは、山菜のソテー。

当然、こちらもただ山菜を炒めただけではない。

料理人としての腕も一流であるクラウディアさんが、独自に編みだした味つけにより、そこら辺に生えている山菜を高級食材へと昇華させている。

「こっちも見事な出来じゃな」

「さすがはクラウディアですわ！」

ハノンとシャーロットはクラウディアさんの料理に注目していた。一方、アイリアはこちらでも口の端から涎をのぞかせつつ凝視している。

今回はチェスターさんの時のような勝負形式ではないため、みんなで楽しく料理を楽しむことにしよう。

「さて、いただくか！」

俺の声を合図に、豪華なディナーが始まった。

「おいしい！　おいしいわよ、マルティナ！」

「さすがはマルティナさんですわね……見事な味付けですわ」

「最高だよ！」

「あ、ありがとうございます！」

キアラとシャーロット、さらにはアイリアからも手放しで絶賛され、照れまくるマルティナ。

その横では、ハノンとシモーネがクラウディアさんの作った山菜のソテーに舌鼓を打っていた。

これだけの料理上手がふたりもパーティーにいてくれるのは、実に頼もしい。

感謝しかないよ。

夕食を終えると、体力の回復を目指して早めに就寝することにした。

とはいえ、いつモンスターが襲ってくるか分からないため、キアラとシャーロットによって結界魔法が張られた。これで何かが近づいてきてもすぐに分かるし、ある程度の攻撃からは身を守れる。

そうした予防措置に加えて、俺とマルティナはいつでも戦闘できるように武器を手元に置いて寝ることに。

……って、ここでも一緒に寝るんだよなぁ。

もうだんだん抵抗が薄れていくよ。

「アイリアちゃんも一緒に寝ましょう」

「うん！」

シモーネに導かれて、アイリアはコテンと横になる。

だんだん照れがなくなってきているな……いい傾向だ。

特に、うちのメンバーの中ではシモーネやクラウディアさんと一番波長が合うようだった。言ってみれば、お姉さんキャラというべきか。

それ以外にも、魔法使いを目指しているため、キアラやシャーロットとはいろいろと話をしていた。さっき、ふたりが結界魔法を使う時も、近くで瞳をキラキラと輝かせながら眺めていたし。

また、冒険者を目指していることから、マルティナとも仲がいい。さらに、（あくまでも外見）

年齢が近いハノンとも話が合うようだ。

――って、結局みんなとうまくやれているじゃないか。

パーティーに馴染《なじ》んでくれたことにひと安心しつつ、俺は眠りについた。

明日はいよいよハリケーン・ガーリックとご対面だ。

第七章　怪鳥討伐作戦

翌朝。

小鳥のさえずりが目覚まし代わりとなって、俺はゆっくりと目を開ける。

「朝か……」

外で寝起きするのは珍しいので、こういう朝の雰囲気も慣れていない。

なんだか、いつもより日差しを強く感じられるし、湧水の流れる音や風の吹く音など、普段とは違った周りの様子が新鮮に映った。

みんなを起こさないよう、静かにテントを出ると、

「おはようございます、ベイル様。今日も早いですね」

「おはよう、クラウディアさん」

先に目覚めていたクラウディアさんと挨拶を交わす。……さすがは一流のメイドさんだな。

近くの湧水で顔を洗い、軽くストレッチをする。

結界魔法のおかげで安心とはいえ、非常時にすぐさま対処できるよう、横にならず座ったまま寝

ていたせいもあってか、体が固まっているように感じる。

結局、変わったことは起きなかったので取り越し苦労となったわけだが、何もないのならそれに越したことはない。

「あら、早いじゃない」

ちょうどストレッチを終えた頃、テントからキアラが出てきた。

宿屋の時は一番起きるのが遅くて、散々シャーロットにいじられていたからなぁ。それを反省しての早起きだろう。

ちなみに、普段は長い紫の髪をツインテールにまとめているが、寝る時はいつも三つ編みにしているため、なんだかちょっと新鮮に映るな。

「おはよう、キアラ」

「おはよ。どう？　ちゃんと眠れた？」

俺が緊急事態に備えて常に気を張っていたことを気配から感じ取っていたのか、キアラが心配そうに聞いてくる。

「ぐっすり眠れた――とは言い難《がた》いけど、まったく眠れなかったというわけでもないよ。これもキアラとシャーロットが頑張って結界魔法を張ってくれたおかげかな」

「それほどでもありませんわ！」

俺たちの会話に割って入ったのは、テントから出てきたシャーロットだった。どうやら三番目に起きたのは彼女らしい。

「このわたくしの完璧な結界魔法の前では、いかなる凶悪なモンスターであっても手が出せませんもの！」

「よく言うわよ……『もしわたくしのミスでみなさんがモンスターに襲われてしまったらどうしましょう』って泣きそうな顔で絡んできたくせに。おかげでこっちは寝不足よ」

「それはそっと心の中に秘めておくべき秘密ですわ！」

思わぬ暴露を食らって大慌てのシャーロット。

ただ、内容としてはみんなを心配してのものなので、別に恥ずかしがることでもないんだけどな。

その時の大声で、他のみんなも起きてきた。

「なんじゃあ……うるさいのぅ」

「おはようございますぅ……」

眠そうにまぶたをこすりながら出てきたのはハノンとマルティナ——って、あれ？　シモーネとアイリアの姿が見えないぞ？

「まだ寝ているのかな？」

気になってテント内を調べてみると、

「おっと」

シモーネとアイリアは抱き合うようにして眠っていた。

その微笑ましい光景に声をかけるなどという野暮なマネはせず、俺たちはふたりが自然と起きてくるまで、静かに朝食の準備を進めておくことにしようと決め、それぞれ取りかかるのだった。


嵐の谷攻略二日目。

魔法兵団の依頼――ハリケーン・ガーリックを手に入れるため、俺たちが訪れた嵐の谷は、噂通り強風が吹き荒れる危険な場所だった。

しかし、この場所に何度も来ているというアイリアの話から、ここの攻略法が【ファンタジー・ファーム・ストーリー】とまったく同じであることが発覚する。

……って、そうだよな。

ここはそのゲームの中の世界なんだ。

これまでも、そこからの情報をヒントにいろいろと攻略してきたじゃないか。今手にしている竜《りゅう》樹《じゅ》の剣《けん》だってそのひとつだ。

となれば……これから俺たちがとるべき進路も大体見えてくる。

「次は西へ進めばいいんだな」

「!?　なんで分かったんだ!?」

ゲーム内の情報を口にすると、アイリアは驚きに目を丸くしていた。

まずいと思ってすぐに「ただの勘だよ」と誤魔化《ごまか》したけど……気をつけないといけないな。

ただ、そうと分かれば問題なく進める。

あとは……怪鳥の存在がどう影響してくるか、だな。

アイリアからの情報によると、ここから出現率が急上昇するらしい。

とはいえ、ギルドにあった情報を思い返すと、例の怪鳥以外には取り立てて対処に困るようなモンスターはいなかった。うちの農場があるダンジョンと大差ないレベルだ。

まだ目撃されていないだけで、上位種が潜んでいる可能性も捨てきれないが……そうした未知の可能性より、多くの冒険者が怯《おび》える巨大怪鳥に注意した方がいいだろう。

おまけに、ここからの道のりはさらに険しさを増していく。

昨日、あの岩場にたどり着くまでもだいぶ体力を消耗したが……今日のルートも突破するのにかなり苦労しそうだ。

「飛行魔法でも覚えておけばよかったわ……」

「あれは専用の箒《ほうき》が必要になりますわ。観念して歩きなさい」

「分かっているわよ」

もっとも体力に自信がないキアラとシャーロットは顔色も悪く、息も絶え絶えであった。

飛行魔法じゃないけど、その気になったらシモーネにドラゴン形態となってもらい、その背中に乗って進むという手も考えられる。実際、過去には飛行魔法が使える者たちによって、上空からの移動も試みられたらしい。

――だが、この嵐の上空はとんでもなく気流が乱れているらしく、真っすぐに進むのさえ困難であり、挑んだ全員が漏れなく断念しているとアイリアが教えてくれた。

この荒れた陸路を進むしかないってわけか。

「アイリア、目的地まではあとどれくらいで到着できそうだ？」

「それは――あっ！　あれを見て！」

俺の質問に答えるよりも先に、アイリアがある場所を指さして叫んだ。

「あれは……」

その先にあるのは、周りの木よりも頭ひとつ分高い樹木。それが三本あって、綺麗に横並びとなっている。――この構図には見覚えがあった。

「……間違いない。あの大木の向こう側に、ハリケーン・ガーリックが自生しているとされる場所がある」

通常ルートならもっと時間がかかっていたのだろうが、アイリアの案内によってそれよりずっと楽に進むことができた。

あの冒険者たちも、アイリアを色眼鏡で見ず、情報をしっかり精査していたら、今頃ハリケーン・ガーリックを手に入れていたかもしれないな。まあ、例の怪鳥をどう倒すかで詰んでいるかもしれないけど。

「あとちょっとだ。頑張ろう」

先頭を行くアイリアはみんなにそう声をかけ、さらに進んでいく。

「……新入りに負けるわけにはいかないわよね？」

「……その通りですわ」

アイリアの言葉で、キアラとシャーロットのふたりも奮起する。他のメンバーも同様に、目視できる距離まで迫ったゴールへ向けて力を振り絞った。

そんな俺たちの希望をさらうかのように、風はさらに強さを増していく。

「不思議な場所ですね……まるで竜巻の中にいるみたいです」

マルティナの表現に、俺は思わず頷《うなず》いてしまう。

確かに、竜巻の中を突っ切っているような感覚だな。

さらに歩き続けると——やがて俺たちの目の前に岩壁が現れる。

「君たちが持ってきた地図に描かれているハリケーン・ガーリックがあるという場所は、あの坂をのぼっていった先にあるよ」

アイリアは崖をのぼっていくように延びる坂道を指さしながら言う。

「この先か……」

これもまた実際のゲーム通り。

さっきまで一歩間違えたら体ごと吹き飛ばされそうなほどの強風が吹き荒れていたのだが、ここまでたどり着けばほとんどその影響は受けない。こっちもゲーム通りだな。

「しかし……」

見上げると、先の方はまったく見えない。

かなり高い崖のようだ。

ゲームのキャラクターならまだしも、実際に自分自身でこれをのぼっていくとなると、かなり体力を消耗しそうだ。

「てっぺんまで向かうとなると相当な時間と体力が必要になる……テントを持ってきたのは本当に正解だったな」

「時間がかかるようでしたら、これで夜を過ごせますからね」

「じっくりと攻略できますぅ」

マルティナの言う通り、シモーネが背負っているリュックには、大型のテントが入っている。折り畳み式とはいえ、かなり重量があるのだが、そこは竜人族であるシモーネのパワー。まったく問題にしていない。本当に頼れるな。

「そうと決まれば、早速あの坂道へ行きますわよ！」

意気揚々と歩きだしたシャーロット――だが、

「あっ、ちょっと待ってくれ」

俺はそんな彼女を呼び止めた。

「どうかされました？」

「ここから先は迂闊《うかつ》に行動せず、慎重に進んでいかないと。どこにモンスターが潜んでいるか、分からないからね」

「そ、そうでしたわね」

目的地に近づいたことでテンションが高まっていたシャーロットだが、俺の「モンスターが潜んでいる」という言葉を聞いて気を引き締めたようだ。

ここまで順調に進んできているからこそ、気を引き締めなくてはいけない。ここから先には、例の巨大怪鳥が待ち構えているかもしれないからな。

「私たちも気合を入れていきましょう！」

「……それはその通りだけど、声のボリュームはもうちょっと下げなさいよ、マルティナ」

「はい！　気をつけます！」

マルティナの気合に押され気味のキアラ。ハノンとシモーネのコンビも、崖の先端を見上げながら何事か話し合っている。普段表情はあまり変わらないクラウディアさんも、明らかに警戒を強めているのが分かった。

どうやら、みんなもここが正念場と理解しているようだ。

その様子を眺めていたアイリアが、

「凄いな……みんな……」

ボソッとそんなことを呟《つぶや》く。

「なかなか頼りになるメンバーだよ」

「そ、そうみたいだね」

俺が声をかけると、アイリアは我に返って頷《うなず》く。

……なんとなくだけど、その眼差《まなざ》しは普段より輝いているように見えた。

「僕は……このパーティーに入れて本当によかったよ」

静かだけど力強い声で、アイリアはそう告げた。

最高の精神状態で最後の難関に挑める——ただ、ここから先の道のりはさらに険しいものだった。

警戒していた巨大怪鳥こそまだ姿を見せなかったけど、それを抜きにしてもこの坂道をのぼっていくのはかなりキツイ。

ここまでの道も十分険しいのだが、それに加えてこの傾斜と先の見えない距離の長さ……眺めているだけでうんざりしてくる。

「ど、どこまで続いているのよ、この坂……」

思わず弱音が口からこぼれ落ちるキアラ。

竜人族のシモーネやアルラウネのハノン、そしてこの場に何度か来ているというアイリアや超人メイドのクラウディアさんは体力的に問題なさそうだが、他にもマルティナやシャーロットは表情に疲労の色がうかがえる。

三人の体調を考慮し、少し休憩を挟んでから、いよいよ崖のてっぺんを目指して出発する。

「ここから見上げると、すぐそこに感じるんですけどねぇ」

「目に見える距離と実際の距離って違うからねぇ。特にこんな感じの険しい道であれば尚更よ」

回復したマルティナとキアラの会話にあるように、はたから見るとそれほど距離があるようには思えない。あと一時間もしないうちにたどり着けるだろう――俺もそう考えていた。

しかし、歩きだしてから約三十分後――その考えは改められることになる。

「さ、さすがに遠いな……ていうか、遠すぎないか？」

てっぺんまでの距離は一向に縮まる気配がない。

まるで、その場で足踏みしているような感覚に陥る。

「な、何かおかしくありません？」

「そのようですね。推測ですが……これは一種のトラップではないでしょうか」

額に汗を垂らしているシャーロットと未だに平然としているクラウディアさんのふたりも、違和感を口にした。

やはり……この坂は何かがおかしい。

「！　もしかして……」

ある考えがよぎった瞬間、俺は足を止めた。周りのメンバーもそれに気づいて駆け寄ってくる。

「何があったんですの？」

「シャーロット……これは俺の勘みたいなものなんだけど——俺たちは同じ場所をグルグルと回っているだけじゃないか？」

「「「「えっ？」」」」

全員キョトンとした顔でこちらを見つめる。

だが、やはりそれぞれに思うところはあったらしい。

「同じ場所を繰り返し歩いている……可能性があるとしたら、認識阻害魔法かしら」

「でしたら、それを解除しないことには先へ進めませんわ」

魔法の専門家であるキアラとシャーロットは、俺の仮説をもとにどうやってその認識阻害魔法を突破するのか、話し合いを始める。

——が、

「面倒な手段など必要あるまい」

ハノンはそう言って、シモーネの肩を叩く。

「うちには空を舞えるドラゴンがおるではないか」

「そ、そうですね！　シモーネちゃんなら突破できるかもしれません！」

ハノンとマルティナの視線は、ビクッと体を強張《こわば》らせるシモーネへと向けられる。

「……少し強引な気がしないでもないが、確かにドラゴン形態のシモーネならできるかもしれないな」

竜人族であるシモーネは、今でこそ俺たちと同じ人間の姿をしているが――その正体は水の力を操る強大なドラゴンなのだ。

これまでも、俺たちには手に負えないような巨大モンスターを相手に活躍してきたシモーネ――今回もまた、パーティーを救ってくれる切り札となるかもしれない。

「わ、分かりました！　やってみます！」

腹をくくったシモーネは、ドラゴン形態へと姿を変える。

「うわっ!?」

まず声をあげたのはアイリアだった。

そういえば、彼女はドラゴン形態のシモーネを見るのは初めてだったな。まあ、これは一種の通過儀礼みたいなものだから。俺たちも最初はビックリしたけど、今はもう慣れっこになってしまったからな。

「よし！　頼むぞ、シモーネ！」

「はい！」

ドラゴン形態となったシモーネは羽を広げて空へと舞い上がる――と、次の瞬間、「ゴン」という鈍い音が響き渡った。

「な、なんだ!?」

何が起きたのか、すぐには理解できなかったけど、ドラゴン形態となって飛び上がったシモーネが、すぐに動きを止めて人間形態へと戻ってしまう。

「危ない!?」

落下するシモーネを見てマルティナが叫ぶ。

それでハッと我に返って、竜樹の剣を地面に突き刺す。

キアラを助けた時と同じ手を使って助けようとしたのだ。

その狙いは見事に成功。

地面から伸びた蔓《つる》が落下するシモーネをキャッチした。

なんとかギリギリのところで救出できたけど――

「一体、何があったんだ?」

「……どうやら、上にもトラップが仕掛けられておるようじゃな」

気絶しているシモーネを膝枕で介抱しているハノンが言う。

やっぱりそうなのか……だとすると、完全に手詰まりとなってしまった。

「地上には終わらない道……上空には見えない壁……どうしたらこのトラップを突破できるんだ?」

問題はそこだ。

とりあえず、このトラップは魔力絡みであることから、まずはキアラとシャーロットに分析を依頼。冒険者であるマルティナは何か手がかりがないかと周辺を調べ始め、アイリアはその手伝いをしている。

一方、俺はというと、

「うーん……」

竜樹の剣を地面に突き刺し、地中から何かヒントを得ようとしていた――が、

「ダメだ。何も分からない……」

わずかでもいいから、突破につながりそうな手がかりを求めていたのだが……それすらまったく摑《つか》めず、こちらは完全に行き詰まる。

それはマルティナとアイリアも同じようで、ふたりとも疲弊しきった顔で戻ってきた。

残るはキアラとシャーロットのふたりだが――

「魔法が使用されていることは間違いなさそうだけど……打ち破るにはどうしたらいいのか、その方法が見当たらないわ」

「よほど腕の立つ方が仕掛けたようですが……」

とりあえず、魔法によるものであることは発覚したようだが、肝心の突破方法に関しては見当もつかないという。

「くそぉ……あとちょっとだっていうのに……」

すぐ目の前に、目的のハリケーン・ガーリックがある。

だが、そこは正体不明の魔法によって近づけないようになっていた。

一体、どこの魔法使いがこのようなことを……。

「まさか……」

ふと脳裏に浮かんだのは――霧の魔女だ。

かつて、キアラとシャーロットが通う学園にちょっかいをかけてきたあの霧の魔女ならば、このようなトラップを仕掛けるのは容易《たやす》いはず。おまけに、この先にあるのは風属性の魔法使いにとって有効なアイテム。

仮に、霧の魔女自身が風属性だとしたなら、ハリケーン・ガーリックを独占したいと思うかもしれない。

俺はその可能性について尋ねてみたが、

「うーん……」

キアラとシャーロットの反応は鈍かった。

「霧の魔女の可能性がまったくないわけじゃないけど……たぶん、あの魔女ならもっとこっちがドン引きするくらいの強力な結界を張ると思うのよねぇ」

「わたくしも同意見ですわ」

「それにこの結界……かなり昔に張られたもののみたいなの」

なるほど……一理ある。

突破は難しいが、霧の魔女が仕掛けたものだとするとより絶望感が増す仕上がりになるというわけか。それにプラスして、張られたのはかなり昔だという。

　となると……誰が仕掛けたんだ？

　また謎が増える一方で、

「あっ！」

　突然、アイリアが叫んだ。

「ど、どうしたんだ？」

「この窮地を突破する、いいアイディアが浮かんだんだよ！」

　煌《きら》めく笑顔でそう訴えるアイリア。

　一体、何を思いついたっていうんだ？

「ドラゴン形態になったシモーネの背中に乗って、上空からあの場所を目指す！」

　というものだった。

　しかし……それはちょっと難しいと思う。

「いやいや、それはできなかったじゃないか」

　それで頭を打ちつけて、シモーネは未だに気絶しているわけだし。

　俺が抱いた疑問については、他のメンバーも考えていたらしく、アイリアの意見に賛同は集まらなかった——が、どうやら彼女が言いたいことはちょっと違うらしい。

「この場から飛び立てば確かに二の舞になるけど……この谷全体にトラップが仕掛けられているわ

けではないのでは？」

「む？」

……そういうことか。

シモーネが頭をぶつけた場所以外からならば空を飛んで目的地へ到着できるかもしれない。

だが、それでもかなり難易度は高いだろう。

何せこの谷の上空は気流が荒れており、飛行魔法を使える者の侵入を阻んでいるという。

「そこはシモーネの頑張りにかかっておるな」

ハノンが言うように、もっとも負担がかかるのは荒れ狂う気流を乗り越えることになるシモーネだ。

とはいえ、それ以外に方法がないというのもまた事実。

「……今はその可能性にかけるしかない。シモーネが目を覚ますまで、この辺りを詳しく調査して、トラップの範囲を見極めよう」

「それしかなさそうね」

「分かりましたわ」

シモーネ飛行作戦を実行に移すため、キアラとシャーロットのふたりに周辺を探知魔法で探ってもらい、シモーネを妨害した《目に見えない壁》がない場所まで移動する。しばらく坂を下っていると、

「！　ここで魔力が途切れているわね」

「ここからなら上空へ舞い上がれるはずですわ」

ふたりが示したポイントはまったく同じ。それを確認してから、再びシモーネにドラゴン形態となってもらい、俺たちはその背中へと飛び乗った。

「あうぅ～……」

そのシモーネは、さっきの頭部への一撃が脳裏にこびりついているようで、舞い上がることに対して少し恐怖心を抱いているようだった。

俺はそんなシモーネを安心させるため、背中を優しく撫でながら話をする。

「大丈夫だよ、シモーネ。今度はキアラとシャーロットのお墨付き――きっと飛べるはずだ」

「べ、ベイルさん……」

背中の震えが止まり、シモーネの瞳がキッと鋭さを増す。

……人間形態の姿をよく知っているとはいえ、今のドラゴン形態は本当に迫力があるな。

以前、ネイサン村を占拠していた屈強な大男たちが、ドラゴン形態のシモーネを見て逃げだしたことがあるけど、改めてその時の彼らの気持ちが理解できた。

「では、飛びます！　みなさん、落ちないように気をつけてください！」

覚悟を決めたシモーネは、大きく翼を広げ――舞い上がった。

グングンと地上から離れていき、あっという間に先ほど頭をぶつけた高度まで上昇。さすがに今回はスピードを落とし、ゆっくり飛んでいくが……ついに、問題の場所を無事に通過する。

「！　よし！　さっきより高い位置まで上昇できているぞ！」

「アイリアさんの睨《にら》んだ通り、あの坂道から離れることで突破は可能でしたわね」

キアラとシャーロットの見立て通り、ここにはシモーネを邪魔する壁は存在していなかった。

そして、それを提案したアイリアも、嬉しそうに笑っている。

――とはいえ、まだ油断はできない。

嵐の谷の上空は気流が荒れている。

あまり上昇しすぎると、それに巻き込まれる可能性もあった。

それに、てっぺんの周囲だけまた別の結界があるという可能性もある。

そんな不安を感じつつ、ふたりは引き続き探知魔法で辺りを探る。シモーネはその結果が出るまで待機したり、ゆっくりと上昇したりと慎重な動きを見せた。

スローペースでも着実に進んでいくと、

「もうちょっとでてっぺんに出ますよ！」

叫ぶマルティナ。その言葉通り、あと少しで崖を越えられる。

そして――とうとうてっぺんへとたどり着いた。

「この辺りに結界魔法は張られていないわ。シモーネ、安心しておりていいわよ」

「分かりました」

キアラから最後の分析結果を聞いたシモーネは、ゆっくりと着地。

そこは、想像よりずっと広い場所だった。

「こ、ここにハリケーン・ガーリックがあるのか……」

てっきり、もっとこう……草木が生い茂っている場所をイメージしていたのだけど、ここはどちらかというと荒野って感じだ。とてもじゃないが、野菜が自生しているようには思えない。

ただ、情報では間違いなくここだ。

あれだけ大層なトラップを仕掛けていることからもそれが分かる。

とりあえず、手分けして辺りを調査してみることにしたのだが、

「!? あ、あれって!?」

そんな俺たちの目に、信じられない光景が飛び込んできた。

「これって……畑？」

目の前にあったのは、明らかに何者かの手が加えられた畑であった。

近くには生活拠点としているのか、小屋まである。

恐らく、ここで暮らす人物が、あのまともに歩いていたらいつまでもたどり着けない無限ループの坂と、上空に展開する見えない壁といったトラップを仕掛けたと思われる。

……けど、人が生活をしていくには不便極まりないこの嵐の谷で、一体誰が暮らしているというのだろうか。大体、あんなトラップを仕掛けてまで人を寄せつけない理由とは一体何なのか。

すべての真相を確かめるべく、小屋へ向かおうとした——その時、

「っ!?　ちょ、ちょっと待って！　あそこの畑にあるのって、ハリケーン・ガーリックじゃない!?」

「えっ!?」

キアラの言葉を受けて、俺たちの視線は一気に畑へと向かう。最初に見た畑は雑草が生え散らかっており、手入れがされていなかった。

しかし、キアラが発見した畑の一部はきちんと整えられていて、そこには生長途中と思われる野菜があった。

その野菜——確かに、魔法兵団長のディアーヌさんからもらった資料にあるハリケーン・ガーリックの特徴とよく似ていた。

ただ、もしそうなら情報に誤りがある。

「ど、どういうことでしょうか？」

「ディアーヌという魔法兵団長の話では、ハリケーン・ガーリックは自生しておるとのことじゃったが……」

マルティナとハノンは気づいたようだ。

魔法兵団だけじゃなく、この嵐の谷に何度か足を運んでいるアイリアでさえ、ハリケーン・ガーリック＝自生というのが常識だと思っていたからなぁ。これはかなりの衝撃的事実だ。

と、なると、ますますあの小屋に住む人物が気になるな。

俺たちは再びその場所へ向けて進む。

そして、住人に話を聞こうと扉をノックするが、

「あれ？」

返事がない。

そもそも人の気配がしないのだ。

「留守なのかな？」

なんとなく、扉に手をかけてみると、

「うん？　開いてる……」

鍵はかかっていなかった。

この辺りに近づくよそ者はそうそういないだろうから、不用心になるっていうのは分からなくもないけど……あれだけ面倒なトラップを仕掛けていた人物がするにしては、少し行動に矛盾を感じる。

もしかしたら、ここに住んでいる人とトラップを仕掛けた人はまったくの別人なのかもしれないな。

「えっ？　施錠されていないんですの？　……ベイルさん？」

「ベイル……君にそんな特技があったなんて驚きだよ」

「いや……最初から鍵はかかってなかったみたいだ」

シャーロットとアイリアから疑いの眼差《まなざ》しを向けられつつ、俺は扉を開けて小屋の中を確認してみた。すると、確かにそこには誰もいなかったのだが――

「妙だな……生活している様子がまるでない」

小屋の中は埃がたまっていて、少なくとも一ヶ月以上は人の出入りがないと思われる。

よく見ると、壁に穴が空いていたり、窓ガラスが少し割れていたり……不可解な点が多い。

だとしたら、この小屋の主《あるじ》は今どこにいるのだろうか。そして、人のいなくなったはずの畑で、なぜハリケーン・ガーリックが育てられているのか。ここへ来て、一気に新たな謎が増えたぞ……。

「どういうことなんだ……」

まったくもって予想外の出来事に困惑しつつ、小屋の外へ出たと同時に、突風が俺たちを襲う。

「わっ!?」

さっきまで穏やかだったのに、なぜまた急に強風が吹き荒れるようになってしまったのか。

身をかがめながら風に耐えていると――その謎を一発で解き明かしてくれる存在が目の前に現れた。

「キイイイイイッ！」

高らかに吠えたのは巨大な鳥型モンスターだった。

「こいつが噂の巨大怪鳥か……！」

魔法兵団や冒険者たちが警戒していた、嵐の谷に住み着いているとされる巨大怪鳥は、真っ赤な瞳で俺たちを見下ろしている。

ここへ姿を見せたということは、近くに巣でも作っているのだろうか。

周辺にそのようなものは見受けられないが、俺たちがこの場へたどり着いてから現れたところを見るとここから排除することが目的だと思われた。

いずれにせよ、戦闘は避けられない状況だろう。

しばらくの間、睨《にら》み合いが続いて――先に動きだしたのはモンスターの方だった。

大きな翼を広げた怪鳥は、そのままバサバサと羽ばたきをする。それによって再び生みだされた強風が俺たちを襲った。

嵐の谷で常に暴風が発生しているのはこいつのせいじゃないのか？

「うおっ!?」

「きゃあっ!?」

「っ！　マルティナ！」

吹き飛ばされそうになったマルティナの腕を掴み、なんとかこちらへと引き寄せる。他のみんなは、周囲にあった木や岩にしがみついてなんとかやり過ごそうとしていた。

しかし、怪鳥が攻撃の手を緩める様子はない。

俺たちが力尽き、この崖から地上へと落ちるまで、この強風が止《や》むことはないだろう。

「くそっ……」

俺は少しでもヤツの動きを鈍らせようと、竜樹の剣の力を地面へ突き刺す。

そして、巨大な蔓を生みだし、それで巨大怪鳥の動きを封じ込めようとした――のだが、それは叶わなかった。

巨大怪鳥は迫りくる蔓に対し、翼を羽ばたかせて突風を起こした後、突進して蔓をズタズタに引き裂いた。

「なっ!?」

まさかこんな突破方法があったなんて……大空へと舞い上がった巨大怪鳥は俺たちの頭上を旋回。

その様子は、まるで次の獲物を吟味しているように映った。

キアラやシャーロットが魔法でなんとか対抗しようとするが、かなりの高度があって届きそうにない。

「弱りましたね……」

あのクラウディアさんの口からも、弱気な声が漏れでる。

……こうなったら、頼りになるのは彼女だけだ。

「シモーネ！」

「はい！」

俺が名前を呼ぶと同時に駆けだす辺り、最初からあのモンスターと戦うつもりでいたのかもしれない。

昔に比べ、いい意味で好戦的になったな、シモーネは。

そのシモーネはドラゴン形態へと姿を変え、巨大怪鳥の前に立ちふさがる。さすがにあれだけの巨体ならば、ヤツの羽ばたきによる突風もまったく意味をなさない。

「グオオオオオオッ！」

雄々《おお》しい雄叫《おたけ》びとともに、シモーネは牙を向けて食らいつこうとする。

さすがに身の危険を感じたのか、怪鳥はその場から逃げ去る。

「よし！　狙い通りだ！」

「待って！　あの怪鳥……戻ってきたわよ!?」

キアラが指摘した通り、シモーネのひと吠えによって退散したと思われていた怪鳥が再び戻ってきた。どうやら、撤退したわけではないようで、その場からは離れず、機をうかがうように再び俺たちの頭上を旋回していた。

「まさか……まだ戦う気でいるのか？」

相手はドラゴンだぞ？

いくらヤツが巨体であったとしても、今のシモーネはそれに匹敵するサイズだし、それ以外に勝る点はひとつもない。普通なら逃げだしてもおかしくはないのだが……やはり、あの巨大怪鳥にとって、ここは特別な場所らしいな。

「とはいえ、モンスターがこの場所にあそこまでこだわる理由って……なんなんだ？」

「ハリケーン・ガーリックがエサで、それを守ろうとしているとか？」

「う～ん……」

アイリアの意見には、さすがに少し無理があるだろう。

あそこにあるハリケーン・ガーリックは、明らかに自生したものではない。人の手によって作られたものだ。

シモーネに上空を牽制《けんせい》してもらいつつ、その答えに迫るものがないか、周辺を可能な限り調べてみることにしよう。

「かなり長い期間にわたって手入れがなされていないようですわね」

生粋《きっすい》のお嬢様であるシャーロットだが、うちの農場で一緒に働く以前から、学園にある薬草農園にも出入りしていたというだけあり、実に優れた分析だ。

シャーロットの言うように、改めてじっくりと農場を見ると――現状は荒れ果てているものの、ところどころにこだわりが見え隠れしている。ハリケーン・ガーリックがある箇所を見ているだけでも、それが十分に伝わってきた。

「きっと……毎日泥だらけになりながら作業をしていたんだろうな」

そうした光景が、容易に想像できる――が、それ以上の情報は何ひとつとして見つけることができなかった。

てっきり、あの巨大怪鳥の巣があって、そこに卵があるから水竜シモーネに睨まれながらも未だにこの場を離れないのだと思っていた。しかし、どうやらそういうわけでもなさそうだ。

「だったら……あの巨大怪鳥はどうしてこの場所にこだわるんだ？」

皆目見当もつかない。

「どうする、ベイル」

「これ以上探索しても、手がかりは見つかりそうにないがのぅ」

不安そうに見つめるキアラとハノン。

……俺もそう思う。

これからどうするべきか、と悩んでいた時だった。

「お、おい！　あそこにいるのはドラゴンじゃないか!?」

「ほ、本当だ！」

「どうしてこんなところにドラゴンがいるんだよ！」

俺たちの背後から、男性数人の声がした。振り返ると、そこには男ばかり七人が立っている。

みんな、ドラゴン形態となっているシモーネを見て怖気《おじけ》づいたようだが、ただひとりだけ、真っすぐシモーネを見つめている人物がいた。

——って、あの人は！

「あっ！　あの時の！」

俺より先に声をあげたのはマルティナだった。

……そう。

俺たちの前に現れた男たちの中に――宿屋で部屋を譲り、そして危うくアイリアに狙われるところだった、あの紳士の姿があったのだ。

「おや？　また君たちか。　……どうやら、浅からぬ縁があるらしいな」

相変わらずの柔らかな物腰にホッとする反面、なぜ彼がこのような場に姿を見せているのか……その関連性がまったくの謎だった。

その真相は、本人の口から語られることになる。

「父の農場に、何か用でもあったのかい？」

「ち、父？」

父って……お父さん!?

ということは、ここは――

「この畑は……あなたの父上が？」

「そうだ」

紳士曰《いわ》く、ここを管理していた父親は数ヶ月前から体調を崩し、嫌がるところを半ば強引に近くの町の診療所へと連れていって治療を受けさせていた。

しかし、いよいよ死期が迫ってきた頃、彼は最後の願いとしてこの農場へ戻ることを希望したという。

そこで、紳士やその配下の者たちが協力をして再びこの地へと戻らせたが——残念なことに、一週間ほど前に亡くなったという。

「ここへ来たのは、父の遺品整理という意味もあるかな」

「そ、そうだったんですね」

「じゃ、じゃあ、あの怪鳥は……」

キアラの言葉を受けて、紳士は困ったように苦笑いを浮かべる。

「あの子は父の友だちなのさ。きっと、生前の父にここを頼むとでも言われ、それを守ろうとしているのだろう」

「そんな……」

それを耳にした直後、シモーネはドラゴン形態から人間形態へと戻った。

……さすがに分かっているな。

「きちんと伝えなくては、な」

そう呟き、紳士は畑の近くへ舞い降りた怪鳥へと近づいていった。

歴戦の冒険者であってもためらいそうなものだが……いくら安全だと分かっていても、あそこまではさすがにできない。だが、そのあまりにも堂々とした態度に、見ている俺たちも心配や不安といった感情は徐々に薄れていった。

紳士はまるで古い友人と再会した時のように、何とも言えない柔らかな笑みを浮かべて怪鳥へと話しかける。

「やあ、久しぶりだね。ここへ来るのはいつ以来かな」

「………」

紳士の声に対し、怪鳥は特に襲い掛かるようなマネをせず、ジッとその場にとどまっていた。

「まさか……本当にあの人のことを分かっているのか？」

基本、モンスターとは本能のままに暴れ回る。

しかし、あの怪鳥にはそれがなかった。

先ほど俺たちを襲ったのも、本当にこの畑を守るためだけだったのか……にわかには信じられないが、そちらの方がしっくりくる怪鳥の行動であった。

――と、不意に怪鳥の視線がこちらへと向けられる。

それを素早く察知した紳士が説明を始めた。

「彼らならば心配はいらない。私の知り合いであり、命の恩人でもあるのだ」

アイリアを言いくるめて暗殺しようとしていた冒険者たちから俺たちが救ったことを話すと、怪鳥は静かに頷いた。どうやら、俺たちを敵視することはなくなったらしい。

「すまないね、みんな。彼はこの畑を守ることに精一杯だったのだ。代わって私が謝罪しよう」

「そ、そんな！」

礼儀正しく頭を下げる紳士を見て、俺たちは恐縮しっぱなしだった。明らかに地位のある人だもんなぁ。

――で、その紳士の正体だが……やはり貴族であった。

西方の一部地域を治めるエクブルーム家の当主であり、実はスラフィンさんやローレンスさん、さらにはレジナルド騎士団長やディアーヌ魔法兵団長とも面識があるという。

「まさか、君たちがスラフィンやローレンス殿の身内だったとは」

「こちらも驚きです」

「えぇ……お兄様をご存じだったなんて」

意外なところで明らかになる、エクブルームさんと俺たちの接点。世間は狭いと言うけど、それを実感する出来事だった。

「しかし、なぜ君たちがこんな場所へ？」

「あっ、それは――」

俺はエクブルームさんに事情を説明。

すると、ここでさらに意外な事実が判明した。

「魔法兵団に風属性の魔法使いが大勢入団したという話は聞いている。――実を言うと、ここへ来た目的はそれなんだ」

「えっ？　そうだったんですか？」

「うむ。当主の座を私に譲り、隠居していた父がここで風属性の魔力を向上させるという珍しい野菜を作っていることを思い出してね」

やはり、ここに住んでハリケーン・ガーリックを栽培していたのか。

「その種でも残っていればと思って来たわけだが……まさかこうして残っているとは夢にも思っていなかったよ」

エクブルームさんはそう言って畑を見つめる。

「私も、よくここで草むしりをさせられたな。——本来であれば、貴族がやるようなことではないのだがね」

苦笑いを浮かべつつ、どこか嬉しそうに語るエクブルームさん。

つまり、この場所は彼にとって、父親との思い出が詰まった大切な場所ってわけか。

——いや、エクブルームさんだけじゃない。

強大なドラゴン（シモーネ）を前にしても一歩も退かなかったあの怪鳥にとっても、この場所は思い出深い場所なのだろう。

「あのディアーヌ団長が託したというなら、君もまた信頼できる人物だ。——まあ、それはすでに分かりきっていたことだがね」

「い、いや、そんな……」

「謙遜する必要はない。ベイル・オルランド——君が特務騎士であることや、その能力についても報告は受けている。こいつを持っていってくれたまえ」

「……分かりました」

エクブルームさんの言葉を受けて、俺は畑へと足を踏み入れた。

そして……ついにハリケーン・ガーリックを手に入れたのである。こいつを手に入れることができれば、あとはダンジョン農場でいくらでも栽培できる。

「これでディアーヌ団長にいい報告ができるぞ」

ホッと胸を撫《な》でおろすと、俺は竜樹の剣を抜く。そして、もらったハリケーン・ガーリックを剣に与えた。

「ほう……噂の通り、竜樹の剣に野菜を食べさせるのだな」

さすが俺の能力を把握しているというだけあり、竜樹の剣の性能についても知っているようだ。

護衛の兵士たちはハリケーン・ガーリックを取り込む竜樹の剣に騒然となっているようだが、事前知識のあるエクブルームさんは慌てる様子もなく、むしろ興味深げに眺めていた。

とりあえず、これで俺のダンジョン農場でもハリケーン・ガーリックを育てることができるようになったぞ。

すると、その光景を見ていたエクブルームさんは、

「いやいや、たいしたものだよ。その剣さえあれば、世界中の野菜をひとつの農場で育てることができるだろうな」

そう告げた。

……世界中の野菜、か。

とても魅力的な響きだな。

もしそれが可能となれば——農夫としては世界最強になれるな。

「それを目指すのも悪くないかもな」

「いいんじゃない。今回のハリケーン・ガーリックみたいに、遠征しなくちゃ手に入れられない野菜もまだまだたくさんあるんだろうし」

「今度は依頼ではなく、自分たちの意思で珍しい野菜を探す旅をしてみましょうよ！」

キアラとマルティナは、俺の考えに賛成してくれた。

——いや、ふたりだけじゃない。

他のみんなも同じみたいだ。

「はっはっはっ！　若いとは素晴らしいな！　君たちのその意欲を見ているだけで若返った気分になるよ！」

いつも紳士らしく、物静かな感じだったエクブルームさんだが、この時ばかりはテンションが高かった。——と、そんなエクブルームさんの笑顔が急に消えて、緩んでいた表情が突然引き締まる。

「若返る、で思い出したのだが……実際に人を若返らせる野菜があると噂で聞いたことがあるな。それについて、何か情報を知っているか？」

「い、いえ、初めて聞きました」

——嘘である。

本当はその野菜の正体を知っている。

何せ、この世界を舞台にしたゲームを何年もやり込んできたヘビーユーザーだからな。

俺の記憶が確かなら、その若返らせる野菜というのは【ファンタジー・ファーム・ストーリー】において入手難易度最高を誇る、まさにレジェンド級の野菜である。

確か、入手方法は限定イベントだったな。

しかもリアルイベントだ。

えぇっと……起用されている声優グループのライブに行くともらえるんだったかな。そのチケットにシリアルコードが記載されていたはず。

——って、待てよ。

その場合、こっちで実際に入手する時はどうすればいいんだ？

……ダメだ。

皆目見当もつかない
「もし、君がその野菜を手に入れたら……言い値で買おう」

「そ、そうですね。——あっ、で、でも、それよりも量産して入手しやすくした方がいいんじゃないですか？」

「量産、か。……その発想は思いつきもしなかったよ」

再び満面の笑みを浮かべるエクブルームさん。

さて……とりあえず、その若返りの野菜については調べておくことにして――ディアーヌ団長のもとへと向かいますか。


念願のハリケーン・ガーリックを手に入れ、嵐の谷からアウドラの町へと戻ってきた俺たちは、王都へと戻る準備を進めていた。

あの崖の上の畑については、ギルドのバドスさんとも話し合いを持ち、エクブルームさんが管理をしていくことになったらしい。畑を守ろうとしていた怪鳥も直接危害を加えてくることはなかったため、今後も様子を見ていくという。

エクブルームさんも幼い頃から怪鳥とは仲良くしており、父の友人でもあるその存在を邪険に扱うことはできないと言っていた。

まあ、あの様子だと、エクブルームさんとも良好な関係を築けていると見ていいな。

さて、今回の旅はなかなか収穫が多かった。

ハリケーン・ガーリックを入手できたし、これを通して魔法兵団とのつながりができたのも大きい。

――って、待てよ。

「…………」

「どうしたのよ、ベイル。ハリケーン・ガーリックをジッと見つめて」

「いや……そういえばさ、このハリケーン・ガーリック同様、七大属性の基礎能力を向上させる野菜があったなぁと思って」

　この世界のおける魔法の属性は、大きく分けて七つある。

　うちでも育てているフレイム・トマトやサンダー・パプリカもそれぞれの属性に対して能力向上の効果を得ることができる。

　だが、ハリケーン・ガーリックは別格だ。最上位種と言っていい。そのハリケーン・ガーリックを入手したことで、他の属性の野菜も育ててみたくなってきたのだ。

　今回は魔法兵団からの依頼ということで引き受けたが……今度は自分で他の野菜の情報を集めてみるか。

「ベイル殿！　準備が調いましたよ！」

　そんなことを考えていたら、マルティナが俺を呼びに来た。

　いろいろあったこの地も、離れるとなったら寂しくなるな。

　まあ、行きに比べるとひとり増えているから、本当は賑《にぎ》やかになっていると言った方が正しいんだけど。

「君はすぐに物事を難しい方向へ考える癖があるね。悩みすぎるというのもそれはそれで厄介な面があるんだよ？」

「でも、そのおかげで君は過ちを犯す前に踏みとどまれたじゃないか」

「むっ……そう言われると何も言い返せないな」

新たに農場の一員として加わったアイリアは、苦笑いを浮かべながら頬を指先でポリポリとかく。

ずっとひとりで生きていたという彼女は、俺たちとの共同生活をとても楽しみにしているという。

これまで、決まった家があるわけでもなく、常にあちこち移動しながら暮らしていたと言っていた

――つまり、俺たちの住むツリーハウスは、彼女にとって初めての家になるのだ。

……実際のところ、なぜ彼女がそのような生活をしなくてはならなかったのか、本当の理由は他にあるのだろう。

両親の顔も知らないと言っていたが、知らないというより話したくないってこともあり得る。

その辺は、今後の彼女との共同生活で少しずつ打ち明けてくれるのを待つしかないな。マルティナとヒューゴさんの親子関係だって、しばらくは分からなかったわけだし。

そういう意味で言うと、マルティナはアイリアのいいフォロー役に回ってくれそうだ。

クラウディアさんやシモーネにも懐《なつ》いているし、すべてを話してくれる日はそう遠くないだろう。

そんなことを考えながら作業を進めていき、いよいよ最後の荷物を馬車へ積み込んだ後、俺たちのもとを訪ねてきた人物がいた。

それは、

「君たちともお別れか。寂しくなるな」

エクブルームさんだった。

わざわざ見送りに来てくれたらしい。

「なんとも奇妙な縁だったが……今にして思えば、君たちと出会えてよかったよ。困ったことがあれば、私を頼りなさい」

「ありがとうございます」

その申し出は、俺たちにとっても喜ばしいことだった。

こうして、俺たちはエクブルームさんに別れを告げると、アイリアを連れてダンジョン農場へと帰還したのだった。

◇◇◇

丸一日かけてドリーセンの町まで帰ってきた俺たちだが——旅はまだまだ終わらない。

ツリーハウスへ戻る前に、俺たちは進路を王都へと向けた。

理由はもちろん、一刻も早くディアーヌ団長へ結果を報告するためだ。

前回はローレンスさんに連れられ、ひとりで来たけど、今回はメンバー全員で訪問した。

「今日は随分と大所帯ね」

「ディアーヌ団長！」

「あら？　ひょっとして……キアラ・フォンテンマイヤー？」

「そうです！　お久しぶりです！」

「ええ。久しぶりね」

再会を喜び合うふたり。

そういえば、面識があるって言っていたな。

ひと通り話し終えると、ここからいよいよ本題のハリケーン・ガーリック入手成功の知らせになる。

早速、俺は嵐の谷から持ち帰ったそいつをディアーヌ団長の執務机の上に置いた。

「間違いない……さすがね。あのグレゴリー・ライマルが信頼するだけはあるわ」

ディアーヌさんはご満悦だった。

あとは、こいつをうちの畑で量産し、騎士団食堂で新入りの風属性魔法使いたちに振る舞えば完璧だ。ディアーヌさんもそこが気になるらしく、

「あなたの畑で育てることは可能よね？」

念を押すように尋ねてくる。

普通の農家ではなかなか育てられないから、疑うのも分かるけど――こっちはちゃんとした実績

がある。

「任せてください」

俺は胸を張ってそう答えた。

「ははは、頼りになるわね。——それから、料理人のマルティナさん」

「は、はい！」

いきなり名前を呼ばれたマルティナは、思わずピンと背筋を伸ばして返事をする。

「あのヒューゴの娘さんというだけあり、騎士団食堂ではチェスターを負かして新メニュー考案の責任者になったそうね」

「そ、そのようです」

「実はあの食堂だけど、今後は魔法兵団も利用させてもらうことになったの」

「じゃ、じゃあ——」

「ええ。大変ではあると思うけど、騎士団に加えて、魔法兵団の新メニューもあなたに考案してもらいたいわ」

「は、はい！　頑張ります！」

フン、と鼻を鳴らして得意げなマルティナ。

すっかり、彼女も有名人だな。

騎士団に続き、魔法兵団の信頼を確固たるものにするため、失敗が許されないミッションになる

――まあ、あのマルティナが失敗するとは思えないし、俺たちも手伝っていくつもりだから大丈夫だろう。

「それで、ダンジョン農場で栽培を始めるハリケーン・ガーリックの収穫はいつ頃になりそうかしら？」

ディアーヌ団長はそわそわした様子で尋ねる。

やっぱり、気になるのはそこだよな。

「畑で育ててみないと分かりませんが、それほど長い時間はかからないかと」

「……グレゴリー・ライマルの言った通りね」

ふっ、と小さく笑うディアーヌ団長。

きっと、グレゴリーさんから得た情報を信じきってはいなかったんだろうな。実際、噂でしか知られていない竜樹の剣の力は、実際に目で見てみないと判断はつかないと思うし。

とはいえ、直接披露する場を設けなくても、実績でそれを示せばいい。

そのために、通常の栽培では数ヶ月かかると言われるハリケーン・ガーリックをなるべく早く収穫して魔法兵団に提供する。俺にとっては、それが当面の目標となるだろう。

「完成し次第こちらに届けます」

「分かった。期待しているわ」

最後に握手を交わして、報告は終了。

帰ってきたばかりだというのに、俺たちは新たな依頼を受けることになったわけだが……実にやりがいを感じるものだった。

早く戻って、いろいろと試してみなくちゃな。


報告を終えた俺たちは、ダンジョンへと戻ってきた。

ツリーハウスへと入る前に、シルバークックのお世話中だったウッドマンたちが出迎えてくれた。

「わぁ〜……」

みんながウッドマンに無事戻ってきたことを伝えている中、アイリアだけはキョロキョロと辺りを見回していた。

そういえば、彼女にとってここは初めて訪れる場所になるんだよな。

「どうだい？　俺たちの農場は？」

「凄すぎて言葉が出てこないよ……」

茫然《ぼうぜん》としながら、アイリアはそう語る。

今日から、ここは彼女にとっても帰る家となるのだが、慣れるにはまだ時間がかかりそうだな。

それでも、嫌そうにしているわけじゃないのでひと安心ってところか。

「あぁ〜、やっぱり家が一番ねぇ」

「本当ですねぇ」

ツリーハウスへ入るなり、キアラとシモーネがそんなことを言う。

そのセリフを聞くの、何回目かな。

いわゆる、長旅「あるある」ってヤツだ。

長い間、自分の家から出ていて帰宅すると、そのよさが身に染みる。

俺は改めて、ツリーハウス周辺を見渡してみる。

「なんだかんだ言って……ここも大きくなってきたな」

思い返せば、もともとこの場所には地底湖以外何もなかったんだ。

それがこうして、家と農場があり、仲間がいる……目指していた理想の形は、少しずつ完成へと近づいていた。

――っと、あんまりのんびりもしていられない。

「農場のスペースは……この辺でいいかな」

「なんじゃ？　もう仕事を始めるのか？」

俺が竜樹の剣を手にして周辺の様子を観察していると、ハノンがやってきてあきれ気味にそう告げる。

「長旅で疲れておるじゃろ？」

「まあ、疲れていないといえば嘘になるけど……なんていうか、ジッとしていられないんだよ」

「困ったタチじゃのぅ」

　ハノンは苦笑いを浮かべる。

　でも、その裏には「仕方がないな」というあきらめもあるようだ。彼女とも結構長い付き合いだし、俺という人間がどういう性格をしているか、察しがついているのだろう。

「じゃが、無理は禁物じゃぞ。肝心なところでダウンしてしまっては、元も子もないからのぅ」

「…………」

「なんじゃや、その顔は」

「いや……ハノンからそんなアドバイスが聞けるなんて……」

「失礼なヤツじゃな！」

　おっと。

　あまりにも予想外だったので思わず本音が漏れてしまった。それが原因でハノンは拗《す》ねてしまったが――本気で怒っているわけじゃなさそうだ。

　さて、ありがたい助言をしっかり守るためにも、とりあえず今日のところは新しい畑の場所を決めるくらいにとどめておくか。

エピローグ

嵐の谷から帰還して二日後。

竜樹《りゅうじゅ》の剣《けん》の力もあり、ハリケーン・ガーリックは順調に育っていった。

あれだけ特殊な環境で育てられていた野菜だから、ダンジョン農場で生長するのか――竜樹の剣の力をもってしても難しいかもしれないという心配もあったのだが、それは杞憂《きゆう》に終わったようだ。

結果として、ハリケーン・ガーリックは育て始めてから三日後には食べられるサイズにまで生長する。

今回は失敗できないので慎重に取り組んだため、少し日数がかかったけど、これからはもっと短いスパンで野菜を届けられるだろう。

俺たちは収穫した大量のハリケーン・ガーリックを持って再び魔法兵団の詰め所を訪れる。

ディアーヌ団長は収穫が予想以上に早かったと驚いていたが、同時に深く感謝された。

その後、食堂へ移動しようとしたのだが、その際、チェスターさんとの料理対決で立会人をしてくれた騎士の方々が手伝ってくれた。

「話はディアーヌ団長から聞いているよ。――それにしても、本当にこれほどたくさんのハリケーン・ガーリックを用意できるなんて……実物を目の前にしてもちょっと信じられないな」

「まあ、その分、苦労しましたよ」

「大変だったらしいな。――本当にありがとう。君たちには心から感謝している」

これまでの経緯の説明と、ちょっとした世間話をしてから、俺たちは食堂へハリケーン・ガーリックを運んでいく。

そこは、この前まで騎士団専用の食堂であったが、今回の件を通して魔法兵団とも共同で使用することになったという。

すると、

「お待ちしておりましたぞ」

料理長のチェスターさんが俺たちを待ち構えていた。

この前来た時は強引な料理で騎士たちの気力を削《そ》いでいたが、マルティナとの料理対決を経て改心。

今では料理を勉強し直しているらしい。

チェスターさんは籠《かご》いっぱいに詰められたハリケーン・ガーリックを目《ま》の当たりにして思わずのけぞる。

「こ、これが伝説のハリケーン・ガーリック……いやはや、実物を見たのは初めてですよ！」

「やっぱ、それくらい凄い食材なんだな」

「魔法属性を補助する食材は数ありますが、ハリケーン・ガーリックはその最上位種になりますからね」

うちで日常的に栽培しているフレイム・トマトやサンダー・パプリカも補助食材ではあるが、効果はハリケーン・ガーリックとは比べ物にならないらしいからなぁ。そりゃあどこも欲しがるわけだ。

ハリケーン・ガーリックに匹敵する効果を持った食材は属性ごとにあるらしいので、いつかコンプリートしたいと考えていた。

そうすれば、この国の発展にも貢献できるしね。

食材を運び終えると、ここからはマルティナの出番だ。合同鍛錬の真っ最中である騎士団と魔法兵団の新兵たちのために、自慢の腕を振るう。

「お任せください！」

本人もヤル気満々みたいだな。

頼もしい限りだよ。

料理に関しては、素人ばかりなので、俺たちは俺たちで食器を出したり、飲み物の用意をしたり、できる限りのことでマルティナをサポートする。

技術的なことは、チェスターさんが指示を仰ぎながら進めていた。

すっかり、マルティナの弟子って感じだが、マルティナ自身は「まだまだ私も半人前ですからね。弟子を取るような立場ではないですよ」と謙遜していた。

チェスターさんはマルティナのそうした奥ゆかしいところにも感銘を受け、大号泣。

……悪いことじゃないんだけど、ちょっと影響受けすぎじゃないか？

ともかく、キッチンではそんな風に賑《にぎ》やかに調理が進められていき、一時間ほど経った頃、ついに料理が完成した。

「すっごくおいしそうな匂い！」

「ちょっと、キアラさん。はしたないですわよ」

「そういうお嬢様の口からも涎《よだれ》が出ていますよ？」

「まったく……いつもいつも騒々しいのぅ」

「でも、賑やかで楽しいですぅ」

「僕もこういう空気の方が好きだな」

出来上がった料理をテーブルに並べながら、いつものやりとりが続く。

その作業が一段落ついたちょうどその時、合同鍛錬が終わったらしく、疲れきった新兵たちが食堂へと入ってきた。

さて、気になるのは、

「むっ？」

「おっ？」

「えっ？」

途端に、新兵たちの顔つきが変わる。

疲れきって、食べる意欲が減退している中、その食欲を刺激する香りが食堂内に漂っている。

やがて、彼らの視線がテーブルの上の料理に向けられた。

並ぶのはハリケーン・ガーリックの蒸し焼きや、それをもとに作られたソースをふんだんに使ったカットステーキ。さらに、うちの農場自慢の新鮮野菜をこれでもかと盛ったサラダ——などなど。

「おおっ！」

「これが噂のハリケーン・ガーリックを使った料理か！」

「なんて豪勢なんだ！」

「急に腹が減ってきたぞ！」

新兵たちの表情は、ぐったりと疲れきっていたものから、まるで花が咲いたように明るいものへと変化していた。どうやら、食材などについては事前にディアーヌ団長に聞いていたらしく、目の色がガラッと変わっている。

疲労のせいもあってか、入ってきた当初は動きの鈍かった新兵たちだが、マルティナの料理を前にすると途端に動きが機敏になった。

「彼らのこんな表情を見るのは初めてですよ……」

チェスターさんにも思うところがあったらしく、目頭を押さえて感動しているようだ。

さて、問題の味の評価だが――

「「「うまい!!」」」

食堂内に響き渡る、たった三文字の言葉。

しかし、そこには嘘偽りのない新兵たちの気持ちがしっかり込められていた。

さらに、

「おかわりをくれ！」

「私も！」

「俺もだ！」

「これならいくらでも食べられるぞ！」

続々と出てくるおかわりコール。

それが、先ほど彼らの放った言葉が嘘ではないことを証明する。

「これは料理を追加しないといけないかもな」

「そのようですわね」

「マルティナ！　どんどん作っちゃって！」

「はい！」

キアラからの指示を受けて、新兵たちが食べる様子を見守っていたマルティナはキッチンへと駆けだす。

そこからは俺たちも総出で手伝い、激動の昼食となった。

ゲットするまでにいろいろあって苦労したハリケーン・ガーリックだが、こうしてみんなの力になれたことを実感すると、そんな苦労はスパッとどっかに吹き飛んでしまうな。

またひとつ大きな経験を得た俺たち。

これはきっと、これからの農場運営にも生かされていくことだろう。

改めてそう思うのだった。

あとがき

お久しぶりです。

大変ながらくおまたせいたしました。

作者の鈴木竜一です。

気がつけば、本作もこれで第三巻。

昨年にはコミカライズも始まりました。

「ダンジョンで農業をやったらどうなるんだろう」という作者の思い付きから始まったこの物語……まさかこんなにたくさんの方に読んでもらえる作品になるとは夢に思っていませんでしたねぇ。ありがたい限りです。

さて、三巻が発売されるまでの間、鈴木はいくつか新しいことに挑戦をしてきました。

もっとも大きな挑戦はX（旧ツイッター）にてスペース配信を始めたことですかね。

本業柄、人前で話す機会は多いのですが、目に見えないリスナーの方がいると思うとそれとはまた違った緊張感があって楽しかったです。

それは長らく忘れていた感覚であり、また、僕の作品を読んでくださっているリスナーの方とのやりとりは新しい発見の連続で、今後の創作のヒントにもなりました。

今までやり続けていたことと新しい挑戦——今年はそのふたつをバッチリ両立できるよう、バリバリ頑張ってまいります。

ちなみに、コミカライズ版の第一巻も同時発売となっておりますので、そちらもぜひ読んでみてください。小説とはまた違ったベイルやヒロインたちの活躍をお楽しみに！

最後に書籍の制作に携わってくださったすべての人に感謝を。

担当のSさん、今回もまた大変お世話になりました。

そしてイラスト担当のシソ先生には今回も素敵なイラストを手掛けていただきました！

さらに、この本作を手に取ってくださった読者の皆様、本当にありがとうございます。

それでは、またお会いしましょう！

DUNGEON FARM
IE WO OIDASARETA NODE,
DUNGEON NI NOUJYOU WO TSUKUTTE
KURASOU TO OMOIMASU
ダンジョン・ファーム
～家を
追い出されたので、
ダンジョンに
農場をつくって
暮らそうと思います～
カワイイ女の子たちと
こんなところでチート農業はじめます。
ガンガンコミックスONLINE
コミックス
1巻好評発売中！
漫画：もずくず　原作：鈴木竜一・シソ
SQUARE ENIX WEB MAGAZINE
ガンガンONLINE《オンライン》にて
コミカライズ連載中！

GC ONLINE
毎月12日発売
月刊少女野崎くん
椿いづみ
合コンに行ったら女がいなかった話
蒼川なな
スライム倒して300年、知らないうちにレベルMAXになってました
原作：森田季節（GAノベル/SBクリエイティブ刊） 漫画：シバユウスケ
キャラクター原案：紅緒
わたしの幸せな結婚
原作：顎木あくみ（富士見L文庫/KADOKAWA刊） 漫画：高坂りと
キャラクター原案：月岡月穂
経験済みなキミと、経験ゼロなオレが、お付き合いする話。
原作：長岡マキ子 漫画：カルパッチョ野山
キャラクター原案：magako
アサシン&シンデレラ
夏野ゆぞ
私がモテないのはどう考えてもお前らが悪い！
谷川ニコ
同居人の佐野くんはただの有能な担当編集です
ウダノゾミ
SQUARE ENIX WEB MAGAZINE
ガンガンONLINE
オンライン
毎日更新
●血を這う亡国の王女 ●王様のプロポーズ ●魔術師団長の契約結婚
●落ちこぼれ国を出る ～実は世界で4人目の付与術師だった件について～
●家から逃げ出したい私が、うっかり憧れの大魔法使い様を買ってしまったら 他
©Akumi Agitogi Licensed by KADOKAWA CORPORATION ©Kisetsu Morita/SB Creative Corp.

GC UP!
毎月7日発売
悪役令嬢は溺愛ルートに入りました!?
原作:十夜・宵マチ 作画:さくまれん
構成:汐乃シオリ
失格紋の最強賢者
～世界最強の賢者が更に強くなるために転生しました～
原作:進行諸島 漫画:肝匠&馮昊
(GAノベル/SBクリエイティブ刊) (Friendly Land)
キャラクター原案:風花風花
神達に拾われた男
原作:Roy 漫画:蘭々
キャラクター原案:りりんら
転生賢者の異世界ライフ
～第二の職業を得て、世界最強になりました～
原作:進行諸島 漫画:彭傑
(GAノベル/SBクリエイティブ刊) (Friendly Land)
キャラクター原案:風花風花
お隣の天使様にいつの間にか駄目人間にされていた件
原作:佐伯さん 原作イラスト:はねこと
(GA文庫/SBクリエイティブ刊)
作画:芝田わん 構成:優木すず
ここは俺に任せて先に行けと言ってから10年がたったら伝説になっていた。
原作:えぞぎんぎつね 漫画:阿倍野ちゃこ
(GAノベル/SBクリエイティブ刊)
ネーム構成:天王寺きつね キャラクター原案:DeeCHA
勇者パーティーを追放されたビーストテイマー、最強種の猫耳少女と出会う
原作:深山鈴 漫画:茂村モト
マンガUP!
毎日更新